致青春 111

建築師今天戀愛了嗎？

（上）

艾小圖 著

高寶書版集團

目錄
CONTENTS

第一章　女兒牆

在大學裡混完四年，其他科系的同學都能畢業了，學建築的還要上大五。

學長們經常說：是不是覺得腦袋特別重？裡面都是當年選科系時進的水啊！

新學期剛返校沒幾天，人都還沒從暑假的恣意中回神，新學期的任務已經下達，大五的實習學分是畢業的關鍵學分之一，大家都嚴陣以待。

沒課也還沒開始實習，卻必須早起去聽講座，不去要扣平時成績。每每這個時候，蘇漾就想和系主任聊一聊人生。

從後門鑽進演講廳，階梯教室裡已經坐滿了人，講座還沒開始，學生們在座位上閒聊，聲量不大。

蘇漾嚴重睡眠不足，整個人和爛泥一樣趴在課桌上。

室友石媛嫌棄地看著蘇漾：「一大早的，跟吸了鴉片一樣。」

「別提了，妳又不是不知道我昨天睡得晚。」

「活該。」石媛一臉幸災樂禍的表情，「昨天叫妳睡覺妳不睡，去看人家直播吃小龍蝦，吃飽撐著了。」

蘇漾對此很不認同：「我想過了，我要是找不到工作，就去開直播吃東西。」

「呿，誰都能吃紅啊，人家那主播每頓都吃快十公斤食物好嗎？」

蘇漾雙手托腮，認真沉思之後回答：「如果是小龍蝦，我願意試試。」

石媛：「……妳沒救了。」

蘇漾哈哈一笑，歪著頭整個人靠在石媛身上，一臉疲憊地看著還空無一人的講臺，好奇地問她：「今天是誰的講座啊？系主任這麼緊張？」

說真的，蘇漾最討厭這種所謂成功人士的演講，大多數時候都和直銷一樣，學不到什麼東西，就去聽一聽人家的勵志人生，培養一下個人崇拜主義。

「顧熠啊。」

「難道是Gamma的顧熠？」

「還有哪個顧熠？」石媛用看智障的眼神看著蘇漾，「妳別跟我說不知道。」

蘇漾趕緊高舉雙手：「冤枉啊包大人，這人我還真知道。」

顧熠，二〇〇七年於美國創立Gamma建築事務所，之後轉移到N城，因為近幾年幾個國際大型專案競標成功，而受到國際建築界關注，被譽為國內最有潛力的年輕事務所。

幾乎所有的建築系學生都希望能像顧熠一樣年少成名，而大部分建築系學生都是循著前輩的步調，按部就班在行業裡爬升。正因為顧熠的與眾不同，他很輕易便成為建築系學生的偶像。

即便蘇漾這種完全不屑個人崇拜的人，也聽過顧熠的大名。

「喂。」提起顧熠，石媛突然神祕兮兮地問蘇漾，「妳覺得顧熠怎麼樣？」

「我只是知道他，又不認識他，我怎麼知道他怎麼樣？」

「……不認識本人總看過照片吧，妳覺得他長得如何？」石媛撩了撩頭髮，「我想過了，我要是當不上建築師，就當建築師的夫人，梁思成和林徽因，妳懂吧。」

蘇漾上下打量著石媛，最後下了結論：「我看妳還是跟我一起去直播吃小龍蝦吧。」

石媛：「……滾。」

兩人正在鬥嘴，一個年輕男人步履匆匆地走上講臺，教室裡瞬間安靜下來。

蘇漾幾乎是下意識地抬起頭。

講臺上的男人長得很高，身軀凜凜，明明是夏天，卻穿著一件黑色長袖襯衫。短短的寸頭之下，是濃濃的眉，銳利的眸子裡泛著一絲寒光，不經意那麼橫掃一眼，讓蘇漾忍不住後背微微一寒。

明明也是極為好看的五官，卻不會讓蘇漾產生什麼旖旎的幻想。

這個男人的氣質實在太冷硬，甚至帶著幾分拒人於千里之外的倨傲。

臺上的男人在開講之前，先是很認真地拿板擦把白板重新擦了一遍，然後不疾不徐地打開電腦，連上投影機，一番調整。

一切準備就緒，他才開始自我介紹。

「我是顧熠。」

沒有春風和煦的微笑，薄唇輕啟，居然只有四個字。

低啞的聲音帶著幾分薄荷的清冽，在空蕩蕩的演講廳內迴盪著，彷彿從背後溫柔包圍而來，沉穩地迴響著，竟有幾分懷舊之感。好像小時候暑氣蒸騰的伏天，坐在涼蓆上，手邊的那一塊冰鎮西瓜，清爽甜膩得讓人念念不忘。

真奇怪，這個男人氣質這麼冷硬，聲音卻如斯好聽。

他沒有過多渲染自己的人生經歷，一開口就切入正題，這場講座並不枯燥，很多東西甚至是平時教授不曾提及的。

蘇漾並不是不想聽，她也有學石媛，很認真地記了一陣筆記。只是昨天熬夜看直播睡得太少，教室裡一安靜她就開始想睡覺。尤其是大家一齊動筆的刷刷聲，簡直比英語聽力還催眠。

蘇漾撐不住了，眼皮一直打架：「不行了，我已經精神渙散，完全撐不住了。」

石媛有點崇拜顧熠，忍不住瞪蘇漾一眼：「顧大師的講座妳都能睡，妳不正常吧。」

蘇漾打了個呵欠，一趴下就進入了夢鄉。

蘇漾再次醒來，是被石媛活生生踢醒的。

睜開惺忪的睡眼，才發現一身黑衣的顧熠，居然從講臺走上來。

眾目睽睽之下，他安靜地站在蘇漾的桌前。

蘇漾下意識擦了擦嘴角，那動作逗笑了身邊的同學。

蘇漾尷尬地偏頭看了石媛一眼，用眼神問她：他問了什麼問題？

石媛縮成一團，尷尬地用手扶額，手掌遮擋之下，她悄悄對蘇漾擠眉弄眼。

蘇漾以為石媛是在提示她問題，看了一眼石媛面前的書，趕緊找到她翻開的那一頁，自己判斷是「問題和答案」，便毫無感情地朗讀起來。

「非古典柱頭有方塊式柱頭，墊塊狀柱頭，葉形裝飾柱頭，捲葉式柱頭，密葉式……」

蘇漾讀著讀著，周圍的同學紛紛竊笑起來，這讓蘇漾意識到肯定是答錯了問題，再低頭求助石媛，她簡直要鑽到桌子底下去了。

「停。」

顧熠的聲音還是那麼好聽，依舊低沉而穩重，他阻止蘇漾繼續讀下去。

他冷峻的臉上帶著一絲意味不明的表情：「妳知道我剛才說了什麼嗎？」

蘇漾漲紅著臉，在周圍同學的竊笑聲中趕緊道歉，「對不起，我不該在講座上睡覺。」蘇漾頓了頓，禮貌問道，「您剛才說了什麼，可以再說一遍嗎？」

顧熠的眼神沒什麼變化，依舊冷淡，只是微微一揚嘴角：「我說，請妳出去。」

「……」

這一刻，蘇漾想換一個星球生活。

上午被顧熠趕出演講廳，下午又被教授抓去做苦工。

班上要徵用低年級的教室，得幫人家清空教室，還好班上男生多，基本上不太需要蘇漾和石媛去搬什麼重物，不過全班都到，她們還是得象徵性地去一下。

兩人一人找到一輛公共自行車，一邊騎一邊感慨今天終於有了一點好運。

頂著中午最毒辣的太陽騎車，沒一會兒就晒得滿臉通紅，眼前發黑。兩人也終於清醒過來，為什麼這個時間點會有空的公共自行車，都是眼淚啊……

石媛還在笑上午蘇漾被顧熠趕出演講廳的事。

兩人穿過演講廳，想起上午的經歷，蘇漾還是有幾分無語：「我說，這事能不能別再提了？有這麼好笑嗎？」

石媛毫不客氣：「非常好笑，妳還自己問一遍，顧熠也很配合，真的又說一次，哈哈哈哈哈哈！」

「不說了，分手吧，我們回不去了。」蘇漾不想理她了，氣呼呼地用力踩了幾下自行車的踏板。

「小心啊蘇漾！」

石媛話音未落，蘇漾已經樂極生悲，騎太快，差點撞到路邊停的一輛黑色越野車。

幸好蘇漾緊急煞車，人倒是沒摔倒，只是剛才她怕撞到車，蹬了別人的車一腳，車頭是轉了方向，沒碰到人家的車，但腳踏板還是不小心刮掉了一塊漆。

停下車觀察了很久，最後，對車一竅不通的蘇漾，緊張地問石媛：「這車，貴嗎？」

石媛看了一眼汽車標誌和款式，判下死刑：「保時捷。」

「……」

見蘇漾的臉有些黑，石媛趕緊補救：「停在學校，應該是哪個富二代的車吧？不然妳試試美人計？妳畢竟是班花，人家肯定憐香惜玉。」

蘇漾一臉去你媽的表情：「……妳說的是我們這個只有兩個女生的班嗎？」

石媛心虛地嚥了口口水，指著掉漆的那塊說：「我看妳刮得挺像心形，要不要寫封情書，假裝是表白的手段？」

蘇漾終於受不了石媛的餿主意，吐槽道：「……妳是智障嗎？」

演講廳離圖書館不遠，不斷有同學推著或騎著自行車經過，蘇漾心裡天人交戰許久，最後拿出錢包一看，裡面只有兩百塊人民幣，還是上午剛提出來的。

石媛說：「不然妳溜了吧，反正也沒人知道是誰，保時捷車主應該挺有錢的……」

「不好吧……」蘇漾過不去自己的良心這關，「撕張紙給我。」

石媛沒背包，口袋裡只有一枝筆和一張顧熠講座的傳單，蘇漾直接拿了過來，在傳單上唯一的空白處——顧熠的臉上——刷刷寫了幾個字，然後把傳單夾在車子的雨刷下面。

「哎，等車主聯繫我吧，希望不要太貴。」蘇漾嘆息。

「妳今天真是水逆了。」兩人走遠了，石媛不放心又問了一句，「妳留電話，萬一被不是車主的人撿去詐騙怎麼辦？」

蘇漾被石媛這麼一說，也有點擔心：「N大沒有這種人吧？」

石媛瞥了蘇漾一眼，雙手合十：「God bless you。」

蘇漾：「……」

綠蔭蔥蘢的小路，路邊的樹上伸出長長枝椏，在風中輕輕拂動，帶著縷縷清香。天氣燠熱，鳥兒在枝頭跳躍，彷彿也在躲避這灼人的烈日。有人往地上潑水來壓住空氣中嗆人的灰塵，路上有單車劃過水漬，留下的淡淡車輪印。

畢業已經快八年，學校變化很大，顧熠趕時間，甚至來不及好好看一看。匆匆和老教授敘完舊，找到停在演講廳不遠的車。

還沒走近，就看到雨刷下夾著一張傳單，顧熠取下來展開，竟然是他講座的傳單。剛準備丟掉，就看見那傳單上還寫著字。

黑色水筆寫的娟秀小字，赫然都在他的臉上。

顧熠這場講座是針對建築系的，能拿到這張傳單的，也只有建築系的學生，這讓他忍不住皺了皺眉頭。

傳單摺痕縱橫交錯，他臉上寫著：

『不好意思，刮了你的車，補漆請與我聯繫，p.s. 提醒你，這裡不可以停車。』

最後還畫了個小表情，一看就是女孩的傑作。

顧熠再看看自己的車，車門上被人刮掉了一塊漆，也不知道這人怎麼刮的，居然還是個心形。說是要他聯繫她，卻沒有留下手機號碼，這人是有意的，還是故意的？

他正沉思著，手機忽然響了起來。

「……」

電話接通，那端的人語氣輕快：『顧大師，什麼時候回所裡？』

顧熠看了一眼手錶：「一小時內。」

『今天講座怎麼樣？』

顧熠一貫惜字如金：「順利。」

『嘿嘿，』電話那端的男人，歡快中帶著幾分試探，『現在學建築的女生是不是比我們那時候多了，有沒有長得好看的？我們建築師還有沒有未來？』

顧熠想想今天講座睡覺的那個，以及這個刮車逃逸的。忍不住搖了搖頭。

「現在N大建築系的女孩，沒有一個像樣的。」

開學後，好多同學交了實習申請表，據說系裡一半的人都找到了實習單位。

蘇漾一直渾渾噩噩，作品集都沒準備好，自然還沒確定實習單位。好在事情峰迴路轉，週四晚上，系主任在群組裡發了通知，讓還沒確定實習單位的同學向系裡遞交申請表，這學期系裡聯繫了好幾個很不錯的公司，願意招收實習生。

天氣炎熱，蘇漾和石媛一起去交申請表，兩人即便沿著樹蔭走，依舊如同炙烤，只能一路拿申請表搧風，邊走邊聊。

蘇漾記得石媛之前提過，已經有想去的公司，便問她：「妳不是找到實習單位了嗎？學校這是為了拯救我們這種沒單位實習的廢柴，妳跑來湊什麼熱鬧？」

「那間公司主要是做住宅的，我以後還是想做公共建設。」提起這件事，石媛也忍不住有些納悶，「我想進的幾個主攻公共建設的建院都沒申請上，他們招了我們系裡比我成績差的幾個男生。這眼光，也真是神了。」石媛忍不住擔心起來，「我覺得就業還挺困難的，聽畢業的學長說，系裡畢業的女生好多都轉行了，我想自己當不上建築師的可能性還挺高的。」

蘇漾瞥了石媛一眼，一臉「絕對不可能的表情」：「妳一直是班裡前幾名，怎麼可能當不上建築師？謙虛過度就是矯情了啊。」

石媛白了蘇漾一眼，想到建築業的現況，忍不住嘆息：「妳懂什麼，這是職場上的性別歧視！算了，妳這種在哪裡都受歧視的，大概沒有什麼感覺。」

蘇漾：「……」

「不過說真的，我不想轉行。」石媛第一次在蘇漾面前說起自己對未來的想法，「說起有名的建築師，大部分都是男的，真希望有一天女建築師裡，也能出一個像顧熠那樣的人。」

蘇漾拍著石媛的肩膀，笑瞇瞇地說：「那我先立一個小目標，就普立茲克建築獎吧。」

石媛白眼翻出天際：「去你的。」

每週五，蘇漾都會回家過週末。家住N城老城區，倒是方便。

週六，蘇漾的老媽劉女士又起了個大早，還是一貫的風格，做起家事像拆房子一樣，劈里啪啦、嗡嗡嘎嘎地不把人吵醒絕不甘休。

蘇漾沒睡飽，頂著雞窩一樣的頭髮走出房間。鑽進院子裡，頭頂上是已經盤了許多年的葡萄藤，藤上結著成串的晚熟葡萄，已經紅得發紫，在清晨陽光下顯得剔透飽滿。

蘇媽見蘇漾起床，眼睛彎成一條縫，眼角眉梢盡是關切：「乖女兒，這麼早就起床了？」

蘇漾梳了梳睡得亂七八糟的頭髮，無言以對：「不是妳把我吵醒的嗎？」

蘇媽對蘇漾的抱怨充耳不聞，自顧自地說著行程：「等一下有遊行，妳一起去吧？」

說起這件事，蘇漾就忍不住皺眉：「老城區改建也是造福大家，我們這一帶容積率確實低，資源也浪費。再說，我們家房子大，拆遷的建商也不會虧待我們，真是搞不懂妳，平日那麼和氣，這回居然想當釘子戶。」

為了拆遷這件事，蘇漾不知勸過蘇媽多少次，她每次都嘻嘻哈哈，反正不聽就是了。

「我也不是為了錢，就只是想住自家的老宅。」不等蘇漾碎念，蘇媽趕緊拿了手機出門，臨走前囑咐蘇漾，「妳既然不去，就去遛狗吧。」

「……」

蘇媽走了，偌大的家裡就只剩蘇漾一人，睡也睡不著，穿著T恤短褲，隨便套了雙人字拖就出去遛狗了。

老城改建的專案已經進行了近三年，大部分居民已經搬離，走在路上，完全感覺不到小時候的氛圍。

四處都在拆除和清理，以前老企業的宿舍早已人去樓空，部分私宅也開始拆牆。牽著狗走在路上，好多百年老樹都移走了，灰塵飛揚。以前那麼愜意的生活區，如今連個散步的地方都難找。

蘇漾家的小土狗一出門就興奮到不行，遛了半天就是不肯上廁所。

「老爺。」蘇漾喊著小土狗的名字，把牠帶到有樹、有電線桿的地方，找了好幾處，牠就是不肯尿，氣得蘇漾叉著腰教訓牠：「怎麼就不好好上廁所，是不是存心和我作對？」

老爺歪著頭、搖著尾巴，水汪汪的眼睛裡滿是什麼都不懂的天真無邪，蘇漾不忍心，只好繼續帶著牠在小路上遛著。

城東老城改建的專案，據說已經拖了近三年，當初批地委員會和相關部門達成共識，由開發商來拆遷補償，卻沒想到這工程如此讓人頭痛。

如今好不容易拆得差不多了，萬世的肖總立刻興奮地帶著顧熠來考察。

顧熠很久不接住宅的案子了，這次也是給父親幾分面子才幫萬世這個忙。

兩人並肩走進工地，肖總問起顧熠的父親，一貫的慈眉善目：「之前我叫老顧一起開發，他說沒空，這幾年他在忙什麼呢？」

顧熠一身灰色休閒裝，負手而立，表情淡淡：「我不太過問父親工作上的事。」

肖總聽了，抬起頭意味深長地看了他一眼，隨後語重心長地說：「你爸就你這麼一個兒子，公司總歸是你的，你也別太固執了，無論做甲方還是做乙方，都在建築行業裡。」

顧熠沒把肖總的勸說放在心上，只是自然地岔開話題，他指著廣場後面幾棟還晒著衣服的民宅，問道：「怎麼還有幾家沒拆？」

說起這件事，肖總就皺起眉頭，「別提了，一群刁民，不就是為了錢？」肖總搖了搖頭，「我們給的賠償條件已經很好了，人嘛，就是不知足。」

顧熠想想過往接觸過的各種專案，點頭贊同：「現在釘子戶越來越多了。」

「可不是。」肖總說得一肚子火，「最近那群釘子戶老是到工地鬧事，動不動就遊行，推他們一下就拍影片，手段太多。」

兩人從工地穿出去，剛走到還未拆掉的住宅區，就看見不遠處集結了一群人，攔住萬世要建圍牆的工人。

肖總一臉不悅：「說曹操，曹操到，又來鬧事了。」

顧熠抬起頭，看著前方黑壓壓的人群，緊抿著雙脣。

「等一下直接走出去，別暴露了身分。」肖總對此已經輕車熟路，果斷拿出手機，「我叫下面的人來解決。」

「……」

老爺對這一帶十分熟悉，興奮地往以前運動的廣場跑去，力氣之大，真是不知道是牠遛蘇漾，還是蘇漾遛牠。

跟著老爺跑了一段路，遠遠就看見舉著布條靜坐的人群，蘇漾一眼就認出蘇媽。緊急煞車，扯得老爺激動地原地跳了起來。

看著遠處混亂的情況，蘇漾雖不情願，卻還是走了過去。

「媽，」蘇漾擠到蘇媽身邊，本能地把她往外拉，「別湊熱鬧了，回家吧。」她看了看驅趕遊行人群的工人，擔心地看著自家老媽，「別搞得動起手來，受傷什麼的。」

蘇媽拉著蘇漾的手臂，把她往人群外推：「妳別管了，現在開發商要把我們運動的廣場拆了，不爭不行啊！」

「媽……」

蘇漾話音未落，已經被推了出來。老爺嗷嗷叫個不停，和遊行的人群一起朝建築工人狂吠，蘇漾用力拉住牽繩才避免牠掙脫。

她正愁眉不展，思索著該走還是該留，眼前突然出現一個熟悉的身影。

一個身著灰色休閒裝的高䠷男人，低調地從拆了一半的廣場出來，工地灰塵漫天，模糊了他冷硬的面部輪廓，蘇漾看了好幾眼才確定來人。

居然又是顧熠。

他還是一貫清冷的表情，旁邊跟著一個大腹便便的中年男子，兩人的表情都有些嚴肅。居民都在和工地的工人對抗，沒人注意到他們。

蘇漾默默後退了一步，本能地想要隱藏自己。卻不想老爺一陣狂吠，成功將蘇漾暴露在顧熠面前。

「是妳？」顧熠沒有被她的小土狗嚇到，只是下意識地看了蘇漾一眼。

蘇漾尷尬地扯了扯嘴角：「是我。」

「妳住這裡？」顧熠深沉的眸子掃了掃蘇漾，蘇漾的狗，以及蘇漾身後遊行的人，眼中閃過一絲鄙視，「怪不得，人以群分……」

欲言又止，不等蘇漾反應，他和身邊的男人已經往外走去。

蘇漾站在原地，幾秒後，她終於意識到，顧熠這是在諷刺她啊！

「喂！」蘇漾叫住顧熠。

顧熠回頭看了蘇漾一眼。

「我在你講座上睡著了是我不對，你也把我趕出去了，扯平了不是嗎？」蘇漾皺眉，「現在你地圖砲什麼意思？這裡住的都是善良市民！」

顧熠依舊面無表情：「嗯。」

「嗯？」

顧熠毫不在意，轉身就走了。

留下蘇漾忍不住對著他的背影揮拳。

「什麼爛人！」

蘇媽走過來，見蘇漾氣呼呼的，問道，「怎麼了？」她看了一眼顧熠離開的背影，「妳認識啊？那個男的是誰？」

蘇漾嫌棄地撇嘴：「一個據說很厲害的建築師，神到不行。」

蘇媽一聽「建築師」，馬上慌了：「建築師？他是不是來勘察工地？開發商的狗啊！」

「蛤？我也不知道。」

不等蘇漾反應過來，蘇媽已經大聲吆喝起來：「不好了！開發商叫建築師來看工地了，肯定是要開工了，大家小心強拆啊！」

話音一落，幾乎所有人都圍了過來。

「建築師？誰啊？」

「我看誰敢來！人在哪裡？」

「……」眾人你一言我一語，蘇漾有點傻眼，想去抓蘇媽，「媽，媽——」

蘇媽在眾人圍過來以後，指著剛走出去的顧熠：「就是他！他是建築師！非常有名！」

之後的場面一度非常混亂，一貫清雋沉穩的顧熠被眾人包圍起來，推來推去。顧熠身邊的男子表明自己開發商的身分，試圖穩住眾人的情緒，卻引得大家更為激動。

顧熠臉上不知被誰撞出了紅印，瞬間面黑如炭，但他一下都沒有還手，最多是防衛那些不斷推擠他的大嬸。

蘇漾咧著嘴站在一旁，完全被眼前的景象嚇呆，一個不察，老爺瞬間掙脫牽繩，氣勢洶洶地衝向被人群團團圍住的兩人。

「老爺——」蘇漾一個箭步上去，想要抓住牽繩，可惜為時已晚。

老爺在混亂中已經找到了最合適的尿點——顧熠的腳。

這狗東西，那麼多電線桿和樹都不尿，偏偏……

就在這時，開發商那邊叫來解決遊行的人匆匆趕到，十幾個人高馬大的男子，手裡都拿著防身的傢伙。遊行的人見情況不對，趕緊四散，顧熠和他身邊的中年男子終於重獲自由。此刻，兩人都狼狽至極，哪還有一絲來時的光鮮？

蘇漾還沒反應過來，眾人已經散去，自家老媽也跟著人群跑了，她們雖然愛鬧，但是都膽小怕事，最多推擠嚷嚷一下，從來不會真的硬碰硬。

蘇漾就是了解她們的脾氣，才想出這麼個招數教訓顧熠一下，誰知她們一跑，就這麼留下顧熠和蘇漾，不遠不近地四目相對。

蘇漾看見自家的狗搖著尾巴坐在顧熠腳邊，顧熠的褲腳和休閒鞋上，明顯有些地方顏色比較深。

再往上看，他臉上還有受傷的紅痕，好看的眼睛微微一瞇，帶著一絲危險的氣息。

蘇漾往後退了一步，不管三七二十一，對著自家的狗大喊一聲：「老爺，快跑！」

想到顧熠的狼狽樣，大仇終於得報，蘇漾一整天都笑得合不攏嘴。

晚上六點，蘇漾剛打開手機，石媛的電話就來了。

剛一接通，石媛就在電話那頭劈頭蓋臉一頓抱怨：『蘇漾妳這傢伙，為什麼每次都運氣這麼好！妳成績爛成這樣，居然能分到最厲害的公司實習，妳是錦鯉體質嗎？不對，妳就算是錦鯉也是鹹錦鯉，簡稱鹹魚！』

石媛劈里啪啦說了一大串，蘇漾也沒聽懂，她對實習的事不太關心，比起來，她更想和石媛分享上午惡整了顧熠的事。

「妳知道嗎？上午我家的狗在一個人腳上尿尿了！妳猜是誰！」

石媛對於蘇漾的打斷十分不爽：『妳還沒問我妳在哪裡實習。』

蘇漾知道石媛的小姐脾氣，趕緊順著問了一句：「那我在哪個厲害的公司實習？」

『Gamma！Gamma！』光說起這個名字，石媛就十分激動。

蘇漾握著手機，腦中有些混沌。

Gamma？奇怪，這名字怎麼這麼耳熟？

『不許小人得志。』電話那頭的石媛終於從羨慕嫉妒恨中醒過來，回問蘇漾，『好了，現在輪到妳說了，妳家的狗在誰腳上尿尿了，妳這麼高興？』

蘇漾也終於想起Gamma是哪間公司。

「……現在好像不是那麼高興了……」

蘇漾從小到大最怕的，就是去老師辦公室，她從來沒有想過，有一天，她會如此迫切地守在系主任周教授的辦公室外，還是為了一個不相干的男人。

週日晚上，她焦慮了一整晚，在床上翻來覆去，把木板床睡得嘎吱嘎吱地響，吵得室友對她怨聲載道。

N大建築系是王牌，周教授又是博導，向來很忙。他一上午都在小會議室見客，蘇漾等了好久，最後實在忍不住了，才去敲門。

周教授是個年過五旬書卷型的學者，對學生很慈祥，所以很受愛戴，就是平日裡神出鬼沒，總是找不到人。蘇漾怕周教授又跑了，趕緊說明自己的來意：「教授，是這樣的，我週五向學校遞交了實習申請，然後昨晚我看了分配的公司，覺得好像有點不適合我。」

周教授手裡拿著許多設計稿，推了推掛在臉上的眼鏡，仔細看了蘇漾一眼，以為她是嫌分到的公司不好，安慰道：「這次分配都是各家公司自己選的，如果妳對進的公司不滿意，也沒辦法改，好好跟著前輩學習，畢業後進更好的吧。」

「不是這樣的教授，」蘇漾有些為難，不知道該怎麼說，仔細斟酌著用詞委婉表示，「我不是嫌公司不好，只是覺得不適合我。」

「妳叫什麼名字？分到哪裡了？」

蘇漾見周教授臉上表情有些肅然，捏著手指小聲說：「Gamma。」

聽見「Gamma」，周教授幾乎是本能地說了一句：「孩子，妳可不要瞧不起Gamma是個人創辦的建築事務所啊，回去看看人家的公司履歷吧。」

蘇漾就知道會是這樣，趕緊湊上去說：「既然是這麼好的公司，肯定很多人想去吧，我可以和別人換。」

蘇漾還沒說完，周教授見的客人，就因為等待許久，緩緩從小會議室裡走了出來。

隔著一盆枝葉繁茂的平安樹，那人從容而出，就像電影鏡頭的景深效果，起先特寫平安樹的邊緣，其他都是模糊的輪廓，漸漸的，周圍的一切轉成背景，鏡頭逐漸聚焦到那人身上，讓觀眾的視線忍不住跟了過去。

周教授見那人出來，臉上立刻揚起笑意，他整理好設計稿，語重心長地對蘇漾說：「喏，這是顧熠，妳的學長，以前也是我的學生。後來去耶魯大學深造，是Gamma的創始人，標到過不少國際專案，還拿過美國建築師學會AIA的建築榮譽獎。」

站在平安樹旁的顧熠一身黑色西裝，和那日被狗尿過的狼狽樣判若兩人。此時他看到蘇漾，臉上立刻露出冤家路窄的表情，這讓蘇漾更害怕了。

周教授都這麼介紹了，蘇漾只能硬著頭皮奉承：「顧學長好厲害。」

見蘇漾態度還算謙遜，周教授十分滿意，又笑著對顧熠說：「這丫頭，要到你們事務所實習。」

顧熠聽到這個消息，臉上閃過一絲驚訝，隨即低頭看了蘇漾一眼，意味深長地說：「是嗎？那可真巧。」

「這丫頭，傻乎乎的，還說要和人交換呢。」周教授說完又轉過頭對蘇漾說，「跟著顧熠的團隊，能學到的東西不會比在建院少，可惜了這小子現在不肯帶人，不然妳能學到更多。」

一聽說顧熠現在不親自帶人了，蘇漾立刻一臉復活滿血的表情：「真的嗎？」三個字高八度脫口而出，把教授嚇了一跳。

如果顧熠不親自帶人，就算去Gamma，也不要緊吧？

蘇漾愁雲慘澹的臉上終於露出一絲笑容。蘇漾意識到自己表現得太高興了，趕緊收斂表情：「學長不能帶我，那真是好可惜啊。」

「不可惜。」

顧熠的聲音如沉石入水，低沉又漣漪陣陣。

「什麼？」

顧熠嘴角勾了勾，眸中帶著幾分諷刺：「周教授，你放心，這個學妹，我決定親自帶。」

他話一說完，周教授都震驚了一下，「是嗎？你改變心意了？上一屆那個第一名，那麼優秀你都不肯帶。」說完又掃了眼蘇漾，調侃道，「這是看人家女孩子長得漂亮啊？」

顧熠被調侃了，臉上卻一絲尷尬也無，只是淡淡掃了蘇漾一眼，蘇漾覺得那眼神讓人發毛，好像後背被人噴了乾冰，涼颼颼的。

「學建築的女孩本來就少，我自然是要好好照顧，把人留住。」

顧熠的語速不快，說完，對著蘇漾淡淡一笑。

那叫一個笑裡藏刀啊！

蘇漾苦苦一笑，只能跟著假惺惺說：「那我可真要謝謝你了，顧學長。」

蘇漾在教授面前並不算顯眼，成績一般，作品不出眾，基本上就是應付考試的那種水準。被Gamma選中，不知道是不是顧熠故意為之，但是看他表情好像不知道的樣子，難道他在演戲？

顧熠說出親自帶她的話，讓周教授高興到不行，蘇漾也不好跟周教授說自己惡整過顧熠，只能苦水都往肚裡吞，換公司實習的事自然是不敢再開口了。

回到寢室，石媛一邊吃著泡麵，一邊滑著沒營養的偶像劇。

蘇漾一推開門就是一股泡麵味，忍不住皺了皺鼻子：「開空調就別吃泡麵，一整天味道都散不掉。」

石媛不以為意，頭也不回地吸著麵條，邊吃邊吐槽主角：「這個男主角，靜若JPG，動若PPT，這樣的演技還能有高人氣，當明星果然好賺。我們建築狗，累得要死幹幾年，也不見得有人家一集片酬高。」

蘇漾換好了拖鞋，疲憊地趴在石媛身邊的木梯上，沮喪地嘆了口氣：「我要是像妳一樣成績好就好了。」

要是成績好一點，大概早就有公司直接要走了，也不會落到顧熠手裡。

石媛不知道蘇漾在想什麼，只是聽到蘇漾的話，想起這四年的種種，忍不住語氣幽怨，「妳以為我想嗎？還不都怪我們班的男生，一個個長得讓我只想在大學裡用功！一二三班男女比例差不多，沒帥哥我能諒解，但我們班那麼多男生，居然一個像樣的都沒有。當初五班那個光棍班，班長親自來挖我，鼓勵我轉班，說只要我願意轉班，全班男生都會對我好。」

回憶起過去，石媛再次嘆息，「但凡有一個帥哥，我就轉了，媽的，居然也是一個都沒有！」

蘇漾本來心情還挺沉重，被石媛一逗，一下子轉移了注意力。

對於石媛的哀嘆，她完全感同身受。

當初大學考試的時候她超常發揮，考入了這所以本城名字命名的明星大學，N大。科系是老媽選的——建築系。傳說中建工學院男多女少，是個女的都能找到男朋友。

於是蘇漾摩拳擦掌進入大學，然後單身了四年。

周圍同學的長相，哎，一言難盡，反正絕對不會讓人有談戀愛的欲望。

石媛越說越感嘆：「我就是難以置信，為什麼學建築的，一個帥哥都沒有。」

搜索記憶，蘇漾說：「胡說，吳彥祖就是學建築的。」

「可是人家後來轉行了。」

蘇漾嘆了口氣：「……不過，我現在完全不想找建築師當男朋友。」

石媛第一次知道蘇漾有這樣的想法，忍不住詫異：「為什麼？」

提到建築師，第一個出現在腦海裡的那個人，蘇漾很認真地嫌棄了一番，然後在腦海裡給他打上了一個大叉，她幾乎咬牙切齒地回答：「那些男建築師，沒有一個好東西！」

實習以後就不強制住校了，然而N城很大，去Gamma上班，從學校出發要四十幾分鐘，從家裡出發要一個半小時，蘇漾權衡之後決定繼續住在學校。

這次實習，蘇媽比蘇漾還緊張，苦心培養蘇漾這麼多年，等得就是這一朝。

蘇漾的父親是建築師，但他在蘇漾很小的時候就因為肝癌去世了，對他，蘇漾幾乎沒有什麼記憶，唯一滲透她生活的，是他親自設計的房子，她們住了二十幾年。

蘇媽無比渴望蘇漾能女承父業，也成為建築師，所以知道蘇漾要去實習後，一口氣為她治裝好幾套，把她的電腦、畫具等等都升了級，換成時下最好的。然而，她卻不知道，蘇漾根本不想去Gamma實習。

蘇漾抱著上墳的心情，穿上蘇媽幫她買的實習新裝去上班。

白色的中袖襯衫，中間的釦子是一枚別針掛著一顆珍珠，端莊又時尚，搭配A字窄裙，難得把男人婆氣質的蘇漾穿出了幾分女人味。

建築狗也不太會打扮，化妝品長年閒置也不知道過期沒有，蘇漾沒怎麼用，好在年輕，修修眉看起來就煥然一新了。

第一天上班，蘇漾還是做足了樣子。

Gamma的辦公地點選在內環的標誌性建築——中盛國際。

N大這一次能進Gamma的，就她一個，完全沒有同校學生的陪伴。

Gamma的人都很忙，一個叫不出名字的男同事帶她參觀，一路驚訝連連，「妳知道嗎？我們事務所沒有女生。聽說妳是第一個招募進來的，我們全都對妳好奇得要死。」他壓低聲音說，「大家都在傳，說妳是未來的老闆娘。」

蘇漾否認三連：「怎麼可能啊！絕對不是！你可別亂說！」

「不是的話就慘囉，Gamma是出了名的血汗工廠，妳等著被蹂躪吧。」

男同事帶她參觀完辦公室，把她安排在訪客等候區就走了，之後近四十幾分鐘都沒有人來，蘇漾坐得兩腳發麻，便站起來動一動。

整個Gamma內部的裝潢，都充滿著設計師的奇思妙想，讓人眼睛一亮。蘇漾座位對面的牆上，貼著Gamma的介紹，下面是Gamma每個人的名字和照片，連打掃阿姨也作為公司的一員放在上面，倒是充滿人情味。

蘇漾一個一個認真瀏覽著，最後視線落在一張藍底的證件照上。

照片上的男人寸頭一成不變，濃眉銳目，表情嚴肅，英俊中帶著一絲不近人情的疏離。倒是人模狗樣。

蘇漾看了照片上的男人幾眼，突然生出幾分惡作劇的心思。

她偷偷摸摸打量著四周，確定沒人來後，拿出包包裡的黑筆，毫不客氣地在顧熠的鼻子旁邊，畫了一顆碩大的媒婆痣。

蘇漾畫完，那張照片立刻從英俊變成猥瑣，光是看看都讓人忍俊不禁。

滿意地看了一眼自己的成果，忍住笑意，小心地收起筆。

誰知她剛一轉身，就看到一個高大的身影擋在身前。

這人走路竟然都沒有聲音的。

她不抬頭的話，視線只能看到來人的胸口。

他身材挺拔，胸前緊實，將一身古板的西裝演繹得氣質清貴。

只是那種低氣壓，讓蘇漾頭皮有些發麻，她緩緩抬頭，顧熠那張噩夢一樣的臉孔瞬間放大好幾倍，出現在她眼前。

蘇漾心道，這氣勢，也不會有別人了。

訕訕地咧嘴對顧熠笑了笑，然後趕緊轉身，用手指搓著畫上去的那顆媒婆痣，嘴裡欲蓋彌彰地撇清：「誰搞的啊，手真賤，怎麼在學長的照片上亂畫……」

身後的顧熠一直沉默不語。

半晌，他冷冷一笑：「我進來的時候，妳正在畫。」

第二章　鋼樑

蘇漾做了壞事，也有點心虛，小心臟怦怦跳得很快。她背對著顧熠，手指又在照片上搓了幾下，試圖補救。可是油性筆就是麻煩，沒乾之前輕輕一抹就掉了，乾了以後，再用力都搓不下來，蘇漾越搓越絕望。

那種做壞事被逮個正著的尷尬，讓她十分不想回過頭去，結果顧熠還當場揭穿她。

思忖良久，蘇漾心想，伸手不打笑臉人，這話應該是真的吧？

腆著臉轉過身，蘇漾笑嘻嘻地換個話題：「早啊，學長。」

顧熠的白襯衫微微敞開，露出一截鎖骨和健康的小麥色皮膚，他的雙手交叉於胸前，微微側頭，冷傲孤清的黑眸中藏著揶揄，一臉「我看妳怎麼演」的表情盯著蘇漾。

一秒鐘、兩秒鐘……五秒鐘過去。

顧熠還是站在那，一動不動。

蘇漾臉上強撐的笑意也越來越乾，面部肌肉僵硬。

就在蘇漾不知道該怎麼辦時，顧熠終於開口。

「弄乾淨。」

簡潔的字句，帶著幾分孑然於天地的霸氣。

蘇漾自知理虧，趕緊用力搓了幾下照片上的黑點。

「真的擦不乾淨，不然我出錢幫您重新沖洗一張可以嗎？」蘇漾心虛地看向顧熠，氣勢矮了半截。

顧熠完全不理會她的示弱，低頭睨了她一眼，鐵面無私地說：「在這裡，我是妳的老闆，也是妳的師傅，妳不尊重上司，不尊師重道，態度惡劣，實習，零分。」

「不要！」

她看了一眼相片，光滑的相片紙讓蘇漾靈光一閃。

「我能擦掉。」也不管顧熠怎麼看了，當務之急是趕緊撫平顧熠的怒氣。她抹了點口水在指腹上，然後再去擦那油性筆留下的黑點，果然，黑點變淺，她又重複試了幾次，那顆「媒婆痣」終於從顧熠的照片上消失。

「你看，沒了。」蘇漾對著顧熠揮了揮手，「這類材質，沾點水就好擦了。」

顧熠看著蘇漾擦掉那個黑點的過程，有輕微潔癖的他微微皺起眉頭。眼看著蘇漾的手向他揮來，他又想起她剛才擦掉那個黑點所做的舉動，嫌棄得向後退了一步。

「退後。」

蘇漾被他這一聲嚇了一跳，雖然不滿，但考慮到實習分數捏在他手上，還是聽話地向後退了一步：「那我的實習分……」

「在妳洗手之前，不要和我談論任何事。」

「……那洗完手以後，我該去哪裡？」

顧熠看了她一眼，一字一頓地說：「任何我看不見的地方。」

「……」

蘇漾和石媛不在同一個地方實習，所以石媛比她早回宿舍，還在公司的員工餐廳吃過了飯，整個人看起來春風滿面。公部門就是這點好，工作時間十分以人為本。

蘇漾晚上隨便吃了碗麵就打發了，回到學校後就一直待在寢室念書，手機不玩，直播也不看了。

石媛跑完步回到寢室，見蘇漾還在念書，一邊用毛巾擦臉一邊驚呼：「我的媽呀，果然是頂尖的事務所，妳居然不看直播、不打電動，而是在念書！這簡直就像狗不吃屎了一樣稀奇……」

蘇漾聽出她的揶揄，瞪了石媛一眼：「注意妳的用詞，狗也有狗格。」

「哈哈哈哈！」石媛隨手拉開蘇漾身邊的椅子，坐了下來，「喂，說真的，Gamma 怎麼樣？裡面的建築師是不是都像傳說中的一樣，是天才中的天才？哦，對了，聽說 Gamma 建築師團隊裡沒有女生，是真的嗎？」

蘇漾看著自己面前的專業書籍：「同事是這麼說的，我也不清楚。」

「妳沒有打進建築師的圈圈嗎？」

「別提了，我差點就沒得實習了。」蘇漾想想自己和顧熠結下的梁子，忍不住抱怨，「顧熠都把我趕出演講廳了，怎麼可能會讓我進Gamma？是不是有什麼不可告人的目的？」

「妳這種螻蟻，人家能有什麼目的啊？難道是因為所有人都認真聽講，只有妳睡覺，所以他記住妳了？」石媛皺了皺鼻子，一臉豔羨，「早知道我也睡了。」

「不然我們交換吧，我真的看不下去這些破書。」

蘇漾在大學裡從沒認真念過書，全靠一點小聰明應付考試，她的學習態度就是六十分萬歲，多一分浪費，少一分流淚那種。這次強迫自己看書，簡直不要太痛苦。她越看越鬱悶：「這些書真的是建築系的書嗎？怎麼這麼無聊？有沒有簡單易懂又很搞笑，一下子就能記住的版本？」

石媛用關愛智障的眼神看了蘇漾一眼，無語地說：「不想看就別看了，幹麼強迫自己？」

蘇漾恨恨地抱著書，訥訥說：「我不能放棄啊，我不能讓顧熠那傢伙找到我的錯處，不然我肯定拿不到實習分數。」

時間不早了，石媛也懶得和蘇漾說這些沒營養的話，去洗澡前，石媛突然回頭對蘇漾說：「照我說，妳也不能一直和主管關係不好，還是要緩和一下。學聰明點，職場上，要會拍馬屁。比如早點上班幫主管掃掃地，打打雜，跑跑腿什麼的，反正學聰明點。」

對於石媛的建議，蘇漾將信將疑：「有用嗎？」

「管他的，先試試看嘛，千穿萬穿，馬屁不穿。」

◆

第二天上班，蘇漾依然無所事事。雖然人事部幫她找了一張桌子，但她一點工作都沒有，有沒有桌子根本沒差。

Gamma 內部不算大，至少比不上那幾間知名的設計院，正因為人員不複雜，才更方便管理，建築師也是優中選優。

和蘇漾一起進來的實習生，還有兩個建築學碩士，都是S城T大畢業的名校生。他們從本科到碩士，擁有豐富的實習經驗，所以進 Gamma 第一天就開始工作，蘇漾則和他們完全相反，她也是第一次感覺到，自己堂堂N大生，居然是老鼠屎一樣的存在。

手上沒有工作，倒是給了她很多時間去琢磨怎麼拍馬屁。畢竟她來 Gamma 實習，最重要的是得到實習分數，至於學東西，也不強求了。

只是顧熠在 Gamma 並不是誰都可以見到的人物，他一直忙於工作。真實世界的建築師和小說電影中的完全不一樣，不論什麼職位的人物，都一樣要加班。

守了一上午，終於守到顧熠從辦公室出來，蘇漾趕緊亦步亦趨跟了上去。

對於蘇漾突然出現，顧熠臉上依舊沒什麼表情。也不管蘇漾是不是跟在身後，只顧大步流星地走著。

他襯衫的袖口捲到手肘處，露出一截肌肉緊實的手臂，修長的手指上有鋼筆留下的點點痕跡，蘇漾注意到他左手中指第一指節微微凸出，一看就是長年用筆造成的。

「原來你是左撇子？」蘇漾脫口而出，接著又補一句，「我聽說左撇子都非常聰明。」

就在這時，顧熠停下腳步。他不說話，氣場已經十分懾人。只是微微回頭，那眼神，就讓蘇漾忍不住往後挪了一小步。

他低頭看了蘇漾一眼，表情有些不耐：「還要跟？」

「蛤？」蘇漾被他的話問得有些懵，再抬頭一看，不知道什麼時候，兩人居然已經走到男廁所門口，她趕緊搖頭解釋，「我不是……」

顧熠微微斂眸，打斷蘇漾：「說吧，一直跟著我，想幹什麼？」

蘇漾看了顧熠一眼，囁嚅著回答：「我想說，初入職場，得要察言觀色，看你有什麼需要幫助的，趕緊幫，緩和一下我們的關係。」

「幫？」顧熠好整以暇地看著她，揶揄一笑，「跟到廁所，怎麼，難道要幫我扶？」

「……不不，這個我真不好扶……」蘇漾不經大腦地重複了一遍，才終於明白顧熠在說什麼，下意識地低頭看向顧熠的下半身，頃刻間臉漲得通紅，「……但是如果你堅持，我可以幫你稍微扶一下。」

顧熠嘴角抽了抽：「滾出去。」

饒是蘇漾臉皮再厚，也待不下去：「……好。」

做建築這行，吃飯、睡覺、上廁所都是奢侈。時間怎麼省都不太夠用。每次趕起案子，人都是當畜生用。忙了一上午，終於可以短暫休息。

顧熠站在洗手檯邊洗手，嘩嘩而下的自來水流過他的手，清涼而舒緩，兩手交替搓洗，手指下意識拂過左手。想起那女孩說的話，心底倒是閃過一絲驚訝。

沒在她面前用過筆，她居然能發現他是左撇子，倒還有幾分觀察力。

昨天晚上從人事那邊要來實習生的資料，比起另外兩個，她簡直就是來鬧著玩的。

原本他可以直接把她趕走，但他卻沒有。

Gamma 的建築師團隊全是男的，整天跟他吵，說連一個女的都沒有，工作沒動力。那女孩雖然學習態度差，長相倒是過得去。如果能讓那幫飢渴的老光棍閉嘴，也不算廢物了。

蘇漾本來被顧熠嚇走了，但是走到一半，她又折了回來。都守了一上午，總不能什麼都沒做就放棄吧？顧熠好像依然很討厭她的樣子。

顧熠從廁所出來，見蘇漾還在門口守著，忍不住皺起眉頭。

「還不走？」

蘇漾不理會顧熠的嫌棄，陪上一副燦爛的笑臉。

腦海中響起石媛的話：『多找機會接近主管，試試找找話題，多聊聊就熟了，畢竟女孩子，人家總不好多為難。』

蘇漾想了想，拿出自己打開話匣的殺手鐧。

「話說，顧工，你洗頭閉上眼睛的時候，會因為害怕眼前有鬼而立刻睜開眼睛嗎？」

顧熠低頭看著她，一言不發。

「哈哈哈哈哈哈，我會誒！」

死一樣的沉默過後，顧熠鄭重其詞。

「先洗洗妳腦溝裡的汙垢吧。」

不知是不是蘇漾和顧熠套關係的策略發揮了作用，又或是顧熠不想她再去煩他了，總之，從那之後，她就不用坐冷板凳了。

終於能真正進入實戰的專案組，即便是蘇漾這樣的吊車尾，也充滿期待。

來接待蘇漾的，是專案組的組長，一個三十多歲的男人。人事部的同事微笑著介紹組長：「這是我們李工，一級註冊建築師，在南華建院待過八年，顧工挖過來的。」

雖然蘇漾並沒有那麼強烈的意願要做建築師，但這四年在學校裡耳濡目染，也知道一級註冊建築師很難考，N城的南華建院人才濟濟。

這讓蘇漾看向李工的目光，立刻多了崇拜的濾鏡。

李工不高，微胖，戴一副眼鏡，一笑起來眼睛瞇成一條縫，看起來很好相處的樣子。

他笑瞇瞇地對蘇漾說，「一般新人來了，不需要我親自接待，但是我們組裡第一次有女孩，組裡那幫傢伙說要隆重一點，非要我來。」他臉上帶著幾分對自己那幫「不可靠」下屬的無奈，「希望妳能感覺到我們組裡的熱情。」

蘇漾聽他這樣說，也跟著忍俊不禁。她微微偏頭，很恭謙地說了一聲：「謝謝李工，謝謝組裡的各位前輩。」

跟著李工走向全新的專案組，蘇漾一路上都在出手汗，又激動又緊張。真實世界的專案組啊，那可是和冷板凳完全不一樣的地方。

李工為人親切，邊走邊和蘇漾聊天：「妳學校還沒畢業吧？」

「大五來實習。」蘇漾趁這個機會，趕緊問李工，「聽說想要進好的建院，必須讀研究所，是這樣嗎？」

李工笑笑：「看妳怎麼看待這個問題。學生是浪漫的理想主義者，踏入職場就是現實理性主義者。工作之後就會有自己主導或者參與的作品，那種心情就像對待自己的孩子一樣，相對於讀書時，作品只能流於紙上。」

「也對，經驗還是實戰出來的。」蘇漾想想現在學校都沒畢業，擔心其他的未免有些太遠，便半開玩笑地問了一句，「那建築師買房子能有折扣嗎？」

「一般沒有，不過在房地產的設計部工作，好像會有九折優惠。」李工隨口回答完蘇漾的問題，兩人剛好走到專案組。

進專案組之前，蘇漾幾乎是下意識抬頭，看了一眼門上貼著的專案組名稱。毛玻璃門上，竟然只是簡單粗暴地貼著「李工組」幾個字，一點都不特別。

蘇漾好奇地多看了兩眼。

「是不是和妳想像的很不一樣？」李工心細，一眼就看穿她的小心思。

蘇漾被抓包，尷尬地吐了吐舌頭，不過還是誠實地回答，「是有一點。」蘇漾抓了抓額角，有點不好意思地說，「我以為會是有點特色的名字。」

「學生時代比較會在想名字上花心思。」

蘇漾笑笑：「我們都是用大師的名字命名，什麼密斯組、柯布組、安藤組。」

李工也走過學生時代，也有過同樣的青春，對此十分理解，「工作以後很少會這樣花心思，大部分都是直接用建築工程師的名字。」說完，他又補了句小幽默的話，「不過姓吳和姓龔的就比較尷尬了。」

蘇漾聽了李工的話，在心裡默念了一下「吳工（蜈蚣）」和「龔工（公公）」，隨後腦洞大開，說道：「不知道有沒有姓『老』的，要是有，那才是終極尷尬吧。」

她笑得得意忘形，邊往前走，邊忍不住念了兩聲：「老公？哈哈哈！老公！」

她正歡快地重複著「老公」，一時不察，面前突然冒出一個人，要不是李工拉得快，她差點就撞上對方了。

定神看看來人，竟然又是神出鬼沒的顧熠。

據說他每天都忙得不可開交，不知道為什麼會出現在李工的專案組。

蘇漾當面叫了他兩聲老公，真是無比尷尬，只得硬著頭皮解釋：「我不是叫你。」

顧熠眼神漠然，帶著幾分捉摸不透，他低頭看了蘇漾一眼，一如既往地面無表情。

「放心。」他說，「妳這輩子，都不可能是叫我。」

蘇漾看著他那一臉篤定的表情，心想：就你這樣的人，倒貼過來，我還不要呢！

組長李樹手裡的住宅項目是臨時安插進來的，比較趕，顧熠最近在忙一個博物館的案子，原本沒空管住宅這一塊，但是受人之託，忠人之事，還是抽時間過來問問情況。

李樹是很成熟的建築師，經驗豐富，為人沉穩，大概是有家室的緣故，和那幫單身建築師的氣質就是不同。

他的辦公室裡到處放著他老婆女兒的照片，顧熠每次過來，都感覺好像到了誰家一樣。很奇怪，這種溫馨的感覺，他竟然並不討厭。

李樹比顧熠大，兩人也沒有上司下屬的明確界限，他替顧熠倒了一杯茶，顧熠嫌燙，直接放在茶几上。

不等顧熠開口，李樹率先問：「怎麼想的，居然招了個女孩進來？」

顧熠頭也不抬，只是看著專案的資料：「我只想知道專案的情況。」

李樹笑：「哪一天不能談專案？終於有一天能和你談女人，這才比較稀奇吧？說說，這女孩和你什麼關係？需不需要我特別照顧？」

顧熠聽他這麼說蘇漾和他的關係，眉頭微蹙：「和我沒有關係。」

「什麼？」

「大家不是每天都在吵，說我們是光棍團隊？所以招個女生平衡一下。」顧熠說得坦蕩，不含私心。

「原來如此。」李樹笑，「原來是團隊福利。那我回頭和那幫老光棍說一下，他們的春天來了。」

李樹笑得很開懷，不知為何，顧熠看著有幾分不順眼。不想再談論下去，顧熠清了清嚨：「現在，可以說專案了嗎？」

和李樹就專案的概念設計，討論了四十幾分鐘後，兩人初步交換了一些想法，推翻了李樹之前的設想。

從李樹的辦公室出來後，顧熠發現，外面本該坐滿人的辦公區竟然空無一人，忍不住不滿地挑了挑眉。

再一看，所有人都聚集在出口處，嘈嘈切切，也聽不清他們到底在說什麼。

顧熠問：「怎麼回事？」

李樹倒是對此十分淡定：「好不容易來了妹子，肯定是無心工作，大概還在撩妹。」

顧熠緊抿雙脣，不再說話。兩人一起穿過辦公區，眾人看到顧熠和李樹，都有些心驚，趕緊收起興奮的情緒，鳥獸散一樣回到自己的位置。

人群散去，中心人物也現出了原形——果然是蘇漾。

蘇漾不明所以，臉上還帶著憨憨的笑意。她手上拿著一袋已經空掉的巧克力太妃糖。這也是石媛教她的，進入新環境，發點小禮物給同事。她這包糖從來實習之前就準備好了，如今終於派上用場，也是十分不易。

看到顧熠和李工一起出來，她掂了掂手中的包裝袋，臉上露出幾分為難的表情。

「怎麼辦，都發完了，還剩最後一顆。」她把袋子倒過來，將裡面最後一顆糖果倒在手上。抬頭看著顧熠和李工，「你們誰要？」

李工還是一如既往地和善，見蘇漾只有最後一顆了，笑笑說：「妳自己留著吃吧。」

李工善解人意，讓蘇漾對顧熠也充滿期待。

發了一整包，自己一顆都沒吃到，如果顧熠也不要，那這顆就是她的了。

她又假客氣地把糖遞給顧熠：「那就給顧工吧。」

展開的手心上，放著一顆紫色糖果紙包裹的太妃糖，明明不是珍饈美味，蘇漾的注意力卻一直集中在上面。

顧熠低頭看了看糖果，又看了看蘇漾。

在蘇漾期待的眼神下，顧熠冷冷地說，「一點貢獻都沒有的人，不准在辦公室吃零食。」說著，拿走蘇漾手心的那顆糖，「沒收。」

蘇漾：「……」

進了李工的專案組，李工便盡心盡力地帶她。專案組裡那些男同事也非常熱情，對蘇漾很是照顧。

最近李工在做N城一個非常大型的住宅專案，圍繞著一個大型商圈興建。這是蘇漾第一次參與專案，又是大型的本土規劃，自然打起十二分精神。同事給了她很多專案資料，比起建築學那些生澀的學院派概念，這種實戰的工作更讓蘇漾興奮。

這個專案已經開過一次概念會議，蘇漾能看到前期成熟建築師的設計成果，雖然還只是概念方案，蘇漾已經感覺有所不同。

迅速看完所有工作要求和設計條件後，又仔細研讀了整個專案各階段的成果，對這個項目，蘇漾有了一定的了解。

認真工作的時間總是過得比較快。

下午，同事在辦公室裡問有沒有人要去買咖啡，作為新人的蘇漾立刻自告奮勇。認真記下大家要的口味，很快就出去了。

蘇漾走得太急，她離開後，大家才發現忘了給她錢，打電話給她，她的手機卻還放在辦公桌上。

她就這麼出去，身上應該是帶了錢吧？

大家想：那就等她回來再還吧。

「這小丫頭，真是熱血。」

大家忍不住感慨。

蘇漾點完咖啡，才想起忘記跟大家收錢。

掏了掏自己的褲子口袋，空空如也，竟然真的一毛錢都沒帶。

沒錢付帳，第一反應是找手機，結果手機也忘了拿，無法用手機支付。

咖啡已經下單，收銀人員一直盯著蘇漾，臉上的耐心漸漸散去，她用服務人員標準的微笑提醒著蘇漾：「小姐，現金還是刷卡？或是手機支付？」

蘇漾一臉尷尬，正準備取消訂單，突然從櫃檯玻璃的倒影發現排在她後面的是顧熠。

還是上午那一身衣服，臉上帶著幾分「生人勿近」的冷漠。

雖然一直和他有點不對盤，但此刻，他那張冷面孔竟然帶著幾分救世主的聖光。

「啊……碰到你真是太好了……」蘇漾猛一轉身，正要抓上去，顧熠已經往後退了一步。

她也不管顧熠的抗拒，湊近他耳邊，低聲說：「顧工，我幫大家買咖啡，忘記先收錢了，你能不能借點錢給我？」

「我為什麼要？」顧熠看了她一眼，微微皺眉，聲音不大，「我似乎和妳並不熟。」

蘇漾只能繼續央求：「拜託啦顧工，店家已經做好了，我實在是沒辦法，我回去一定還你錢。」

顧熠還是一樣冷漠：「和我無關。」

蘇漾深吸了一口氣，最後做出了決定。她很冷靜地問他：「你要買什麼？」

「三明治。」他沒有一絲不自在。

蘇漾往顧熠身側逼近，趁顧熠不備，微笑著一把挽上他的手臂，一臉春風和煦地對那個收銀人員說：「再加一個三明治。」

顧熠沒想到蘇漾能無賴到這種地步，低著頭看著被蘇漾挽著的手臂，臉色越來越沉。

「在我發火之前，我勸妳……」

不等顧熠說完，蘇漾揚聲打斷，故意撒嬌道：「老公，先付錢吧，人家在等呢。」

顧熠：「……」

眾目睽睽之下，顧熠最後還是向「惡勢力」低頭，蘇漾「奸計」得逞。

蘇漾提著打包好的咖啡，安靜地低著頭，像個受訓的小學生。

「顧工，事急從權，真的對不起，我上去一定還錢。」

綠色的遮陽棚下，顧熠那張黑氣逼人的臉，不禁讓人有幾分發怵。

「離我遠點。」

蘇漾趕緊跨一大步，離顧熠遠了一點。

果然，逞一時之能，後患無窮。

街上人來人往，一輛輛車駛過，空氣中塵土飛揚，眼前的世界都蒙上了一層灰色。正午的陽光讓蘇漾的皮膚有點灼熱感，她穿著短袖都覺得有點熱，不知道一身黑衣最吸熱的顧熠，是如何做到一臉淡定。

「你不熱嗎？」蘇漾幾乎是本能地問了一句。

顧熠低頭看著蘇漾，表情暗藏惱怒，卻沒有發作。

他雙手交叉，許久，他問蘇漾：「妳有沒有想過，得罪我的後果？」

蘇漾提著大杯小杯，手上的重量越來越重，聽到顧熠終於開口，雖然不是什麼好話，還是覺得有點破冰的跡象。

她思考了一下顧熠的話，然後很認真地回問顧熠：「原來在你眼裡，我之前做的那些事，還不算得罪你？」

一雙黑白分明的眼睛，好像帶著星河一般，閃爍而瀲灩地眨了眨。

裡面竟然帶了幾分驚喜的情緒。

顧熠：「……」

亦步亦趨地跟著顧熠回到公司，蘇漾還是搞不清楚自己哪句話又得罪顧大老闆，總之他後來就不和她說話了。

顧熠的辦公室和專案組不在同一層，顧熠出電梯的時候，她趕緊拉住他的衣袖，這一舉動又惹來他嫌棄到不行的目光。

蘇漾趕緊鬆手：「我只是想問問，你有沒有電子錢包，我等一下手機轉帳給你。」

顧熠眉頭緊蹙，幾乎是咬牙切齒地說了一句：「不用了。」

蘇漾被他的樣子嚇了一跳，趕緊閉嘴後退。

提著大包小包，從電梯進到辦公室，剛走到門口，就有同事看到她，立刻從座位出來，幫她提東西。

不得不說，同樣是男人，也有冰和火的區別。

在李工的組裡工作，就如春天一般溫暖；和顧熠，呵呵，世界末日也不過如此。

同事拿了自己的咖啡，把錢遞給蘇漾：「小丫頭跑得真快，錢都沒收。」

蘇漾推了推同事的手，沒有收錢。

「不用，」蘇漾可不敢占顧熠的功勞，在辦公室裡宣布，「這咖啡是顧工請客。」

蘇漾一說完，大家立刻大呼驚喜。蘇漾心想，雖然不是顧熠本意，但她也算是幫他做了點好事。

咖啡時間過去，辦公室裡很快又恢復平日的嚴肅。

下午三點半，李工從辦公室出來，拍了拍手：「大家準備一下，開會了。顧工要過來。」

一聽到「顧工」，蘇漾明顯感覺到整個辦公室的氣氛變得肅殺了許多，大家臉上的輕鬆都換成了緊繃。

李工說完話，又對蘇漾說：「小蘇，妳跟我過來，先把會議室收拾一下。」

雖然李工給的工作是打雜，但是能派上用場，蘇漾已經很開心了。

李工帶著蘇漾往會議室走去，他對蘇漾的態度始終親切，善意地問她：「怎麼樣，還習慣嗎？」

蘇漾點頭如搗蒜：「組裡同事都對我很好。」

李工笑意和善：「其實我也沒想到，那傢伙居然會讓女孩來我們這邊。說真的，我們已經在沒有女人的環境裡工作很久了。」

蘇漾想到之前石媛跟她說的八卦，再想想顧熠對她的態度，忍不住閒話了一句：「顧工，是不是特別討厭女人啊？」

「為什麼這麼問？」

蘇漾覺得自己的疑問還挺合理的：「公司裡沒有女人啊。」

「不會啊。」李工笑著說，「顧熠不可能討厭女人。」

蘇漾不明白李工為什麼這麼篤定，好奇地問了一句：「為什麼？」

見蘇漾對顧熠有些誤會，李工很善良地替他解釋：「顧熠師從萊伊拉．迪德，一個土耳其裔的英國女建築師。萊伊拉是倫敦建築聯盟學院的，也就是ＡＡ，學建築的人應該都知道她吧？」

Architectural Association School of Architecture，全世界最激進的建築學院，讚譽和爭議各半。蘇漾也聽過這所學校。她點了點頭：「ＡＡ很有名。」

「萊伊拉四五十歲才成名，在她成名之前，沒有人能建造得出她的設計方案，因為實在太前衛了，後來她成名，一下子變得炙手可熱。」李工提起這些前輩，也忍不住一臉崇敬，「顧熠的設計風格主要是受到萊伊拉的影響，雖然離開了萊伊拉的團隊，但是顧熠最尊重的建築師，應該就是她了吧。」

大概是怕一個案例還不足以說服蘇漾，不等蘇漾說什麼，李工又說：「還有妹島和世，那個日本女建築師，二〇一〇年拿了普立茲克建築獎的那位。顧熠也非常佩服她，研究過她的作品。顧熠一直說，能在建築業嶄露頭角的女性，往往比男性付出更多，他尊重所有從事建築行業的女性。」

從李工的描述不難看出，他是打從內心佩服顧熠，所以甚至不能忍受別人對顧熠有一點點誤解。連這麼一個小小的問題，都解釋得那樣認真。

顧熠是傳奇一般的人物，這是無庸置疑的。可是以蘇漾目前對他的認識，才華不明，但是人品，感覺真的比較一般。所以縱使李工把顧熠吹得非常不一般，在蘇漾看來，都不具說服力。畢竟，人還是比較相信自己親身接觸後的感受。

這次開會，主要是匯總大家的概念然後擇優，蘇漾在學校分組做專案也是如此。帶著幾分新鮮感和對建築設計的敬畏之心，蘇漾走進會議室，很認真地整理會議室，調整儀器。

開會時間將近，蘇漾甚至有些緊張，這是她人生第一次參加實戰，手心不免出了冷汗。

專案組的人一一入座，李工拿完資料回來，見蘇漾挺直背脊，表情有些僵硬，便笑笑拍拍蘇漾的肩膀，安慰道：「有顧熠在，我們都只需要聽，妳要是無聊，可以考慮玩個手機遊戲。」

蘇漾知道李工是想緩解她緊張的情緒，露出了感激的笑容。

在進入 Gamma 之前，蘇漾對建築師的認識，僅停留在學院裡的教授和自家親人身上，他們都很溫和，充滿學術氣息，做事一絲不苟。總之，就是那種溫潤君子型的。

直到見識了顧熠，蘇漾才發現，原來建築師還可以有「脾氣差」、「吹毛求疵」、「不近人情」這種設定。

會議室的掛鐘分針跨過十二，時針指向數字四，四點一到，在掛鐘「噹噹噹」三聲報時之後，顧熠準時跨進會議室。

還是中午那套衣服，一身黑，配上寸頭和濃密的眉毛，看起來實在沒有建築師的氣質。

顧熠的位置是會議桌的上首，他一進來，先是從左至右，把會議室裡所有的人都掃了一遍，最後視線落在距離他右側三步之遙的蘇漾身上，嘴角微微一挑，那意味，實在不明。

但是蘇漾肯定，絕對不是表達善意。

顧熠將自己的筆記型電腦放在會議桌上，蘇漾作為會議助手，正在猶豫著要不要上前幫他接上投影機的接頭。蘇漾還沒想好，顧熠已經不耐地催促：「還不過來？」

蘇漾被他那一聲低喝嚇了一跳，趕緊幫他安裝好。

顧熠是時間觀念很強的人，開會就是開會，極少說廢話。

大家對於方案概念的交流也比較平等，每個人都可以發表自己的意見，在大家提自己的方案時，顧熠不會發表意見，只是靜靜聆聽。

蘇漾一連聽了好幾個方案，每個人的想法和方向都不同，但是不能否認，每一個都非常優秀，和學生時代應付作業的水準絕對不一樣。

所有人發表完畢，壓軸的，是顧熠的方案。

他的概念草圖投射在會議室的大螢幕上。

「我昨晚畫了一下，當然，只是交流。」顧熠的聲音低沉而穩重，態度並不狂妄。

蘇漾抬頭，看著螢幕上顧熠作品的草圖。

他的概念手稿十分簡略，沿著運河畫了幾條毫無軸線關係的曲線，蘇漾完全猜不透，他打算如何切分這個專案「蛋糕」。大家看完第一張後，他沒有解釋，而是直接上第二張草圖，他沿著這些曲線，畫了各式各樣的簡單色塊，畫面漸漸豐富，但是蘇漾依然有些看不懂。

鴉雀無聲的辦公室裡，顧熠點開了第三張，這張圖上，運河描繪得柔和秀美，那些色塊也不再是粗糙如兵營的簡單排列，而是沿著軸線有規律地精心組合，每個組合都帶著各自趣味的空間和作用，有的是「O」型，有的是「L」或者「I」型，每一條規劃的大道上都有各種不同的小道和亭臺，跟著太陽東西走向，日夜車流動線，以及男女老幼活動區分，將住宅的生活劃分考慮得細緻入微。

蘇漾注意到畫紙的最下方，顧熠剛勁有力地寫了幾個字——人以群居。

這的理念明明是簡單粗暴沒有美感的，搭配上他的設計，竟然讓人有幾分溫暖之感。

看完顧熠的手稿，不知不覺間已經過去兩個小時。

沒有評論，也沒有任何交代總結，顧熠微微靠著旋轉椅的椅背，表情始終嚴肅。

「這個專案很急，大家都知道，但是再急，也必須拿出 Gamma 的實力。」他闔上電腦，最後說了一句，「全部重來。」

四個字，讓在場所有人忍不住倒抽一口氣，看來沒有一個他滿意的。

會議結束後，蘇漾幫大家把手稿、電腦和各種資料拿回辦公室。

近十分鐘過去，蘇漾終於得以空閒，回到自己的座位，才發現自己的筆掉在會議室。

一個人走回會議室，沿路腦子裡都在想著顧熠的草圖設計。

不得不說，從最初簡略的概念圖到後來的草圖，就好像看到一個武林高手，不疾不徐地演練著每個招式，從他的草圖，不難想像最後完整的平面圖出來，會是何等驚豔。

顧熠的成名，不是沒有道理。

蘇漾從內心感覺到自己和建築師的距離。

輕吐一口氣，蘇漾推門進入會議室。

會議室的燈居然還沒關。

她詫異地進入會議室，發現顧熠居然還在裡面。

他拿著紙和筆，刷刷刷地畫著全新的概念草圖。

蘇漾推門的聲音驚擾到顧熠，兩人四目相對，顧熠微微皺眉。

「還不走？」

蘇漾看著顧熠，心情有些複雜，咬了咬下唇，「顧工，謝謝您讓我正式進入專案組，謝謝您的照顧。我認真覺得，作為建築師，您是很厲害的那種，和我想像的很不一樣，我為我之前對您的偏見，向您道歉。」蘇漾鼓起勇氣說道，「我希望能跟著您好好學習，成為一名真正的建築師。」

顧熠沒有理會蘇漾真誠的拍馬屁，只是低頭繼續繪製他的草圖。

「說完了？說完就出去。」

「嗯？」

顧熠手上的筆頓了頓，突然又抬起頭，意味深長地看了蘇漾一眼，緩緩說道，「讓妳進入專案組，是因為我們公司不養閒人。不要因此覺得我對妳特別照顧，就開始幻想。」顧熠轉了轉手上的筆，聲音冷冷道，「記住，能讓妳成為建築師的，是妳的實力，而不是我。」

第三章　矽酸鈣板

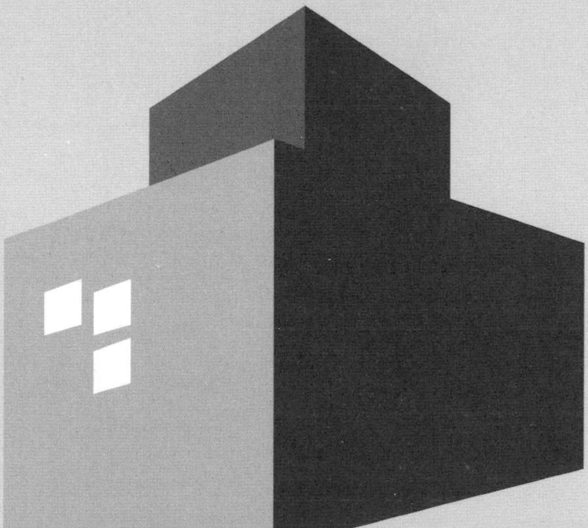

蘇漾自認並不是十分聰明敏銳的女人，但是此刻，她也感覺到顧熠是話裡有話。

她有些猜不透顧熠的意思，小心翼翼地試探：「這話怎麼說？」

顧熠嘴角向右微微一勾，並不想掩飾他眼中的嘲弄，他用手上的筆一下一下點著桌面，發出規律的聲響。

嗒、嗒、嗒。

「妳的關注點，應該放在設計上。」顧熠說著，意味深長地看了蘇漾一眼，淡淡說完最後幾個字，「而不是我。」

「？？？」蘇漾一臉問號，滿眼混沌。

「顧工，您是不是想多了？」說完這句，蘇漾忍不住問道，「您該不會以為，我是故意要接近您吧？或者要追您之類的？」

會議室裡只有他們兩人，安靜至極，只有中央空調的聲音在耳畔嗡嗚。

幾秒的沉默後，蘇漾聽見顧熠低沉的聲音，一字一頓地反問她：「不是嗎？」

這三個字，把蘇漾雷得不輕。

自負的男人她見多了，但是自戀成這樣的，真是只此一家，別無分號。

什麼職業崇拜，什麼行業敬畏，好不容易對顧熠生出的幾分好感，瞬間煙消雲散。

蘇漾的嘴角無語地抽了抽，連解釋都懶。

沒好氣地上前兩步，也不管顧熠是不是對她突然靠近不滿，毫不客氣地一把抽走顧熠手上的自動鉛筆。

顧熠草圖畫到一半，筆被抽走，手甚至還維持著握筆的姿勢。

見顧熠一臉不爽，蘇漾終於感覺到幾分快慰。

「Rotring 紅環 800+，四百多塊一枝。」蘇漾的臉上帶著幾分理直氣壯的傲嬌，「我只是回來找我的筆，因為它很貴。」

被顧熠一番誤會，蘇漾可真是受不了了，有氣都沒處發。

晚上九點多，蘇漾站在陽臺的洗臉檯前刷牙，拿著牙刷在嘴裡用力刷著，滿嘴的牙膏泡沫。回想起顧熠說那些話的表情，真是越想越氣。

「……」

「妳知道他有多自戀嗎？」蘇漾和石媛說起這件事，嘴裡的牙膏泡沫因為憤怒，飛濺到鏡子上，她含含糊糊地說：「我只是回去找枝筆，他居然以為我要追他？恨不得腦補一本『心機女為求上位主動追求總裁大人』的小說，簡直有病。」

石媛翹著腳，坐在床邊，不疾不徐地修著腳趾甲。

「這種事，不好說吧？畢竟顧熠又帥又有錢又有才華，萬一妳以後真的喜歡上他呢？」

蘇漾被石媛這個危險的想法嚇到，幾乎是本能地瞪大眼睛：「我瞎了嗎？」

石媛想想又說：「那萬一他喜歡上妳呢？」

這個設想和上一個的恐怖程度，有過之而無不及。

蘇漾：「妳覺得可能嗎？」

「也是。」石媛經過一番思考後說，「顧熠喜歡上妳，好像確實不可能。」

「……」蘇漾嘴角又抽了抽。

顧熠向蘇漾展示了他神級的自戀技巧以後，蘇漾就避開所有能見到顧熠的場合。

不得不說，自從視線裡少了顧熠，生活美好了許多。

在班上受寵的小確幸延伸到組裡。

以前大家都說，設計院有句名言「女人當男人用，男人當畜生用」，但是在李工組裡，這種情況完全沒發生。李工把蘇漾的座位從走道邊換到窗邊，能看到N市最有名的景點——前蘇聯設計師設計的百年大橋。上班的心情不要太心曠神怡。組裡那些年輕的男建築師，最愛對蘇漾說的話就是：「妳什麼都不用做，安靜地坐在這裡，如果還能偶爾講講笑話，我們畫圖狗就滿足了。」

組裡的同事對她太照顧，以至於蘇漾幾乎要眼觀四面耳聽八方，積極主動，才能多為自己爭取一些打雜的工作，不然幾乎只需要看看資料，整理整理，一天的工作就結束了。

上次和顧熠開會的大型住宅專案，方案終於確定，組裡同事們最近都春風滿面，加班都精力百倍。

中午一起在員工餐廳吃飯，蘇漾依然是眾星捧月的焦點，一群大男人團團將她圍住，一點都不給別的組趁虛而入的機會。

組裡最年輕的一個男建築師見周圍的人一直看向這邊，忍不住感慨道：「有了蘇漾，我們組在公司裡的存在感都變強了。」

另一個同事也跟著附和：「可不是，每天加班，完全鬼畜，尤其天天和男人黏一起，很容易被誤會成『好基友一起走』，簡直不要太淒涼。這時候就希望辦公室裡有個女的，光是看看，就能讓我們生產力、耐久力翻倍。」

此話一出，立刻得到眾人認可，大家一起意味深長地斜眼看向李工：「組長為了讓我們多加班，真是用心良苦。」

李工：「……」

大家正在調侃李工，突然有一道黑影出現在長桌前面。

顧熠依舊是那副死人臉，端著餐盤，對李工低聲說了一句：「挪一個位置。」

話音一落，大家立刻為顧熠挪出一個位置。

某些人就是有本事讓氣氛瞬間結冰，原本熱絡聊著天的餐桌，因為顧熠到來，陷入死一般的沉寂。

大家都安靜地吃著自己的飯，只能聽到筷子碰觸金屬餐盤的聲音。

顧熠彷彿沒意識到他的到來，讓所有人都不自在，只是低聲和李工討論專案，分配工作。一頓飯終於吃完，大家都不敢耽誤時間，吃完就收盤子，誰也不敢等誰。

蘇漾一向吃飯慢，等她吃完，同事已經走得差不多了。

顧熠看了一下時間，對李工說：「我先走了，下午有活動。」

顧熠要走，李工終於可以坐下來好好吃飯，剛往嘴裡塞了一塊馬鈴薯，突然想起什麼，激動地問了一句：「難道是建築協會的高峰論壇開幕？」

顧熠端起餐盤，沒有什麼表情，只是隨意地點點頭：「嗯。」

李工看了顧熠一眼，又掃過蘇漾，最後壓低聲音說：「杉杉也會去吧？」

顧熠皺了皺眉，表情有些不悅：「那又如何？」

李工將馬鈴薯嚥了下去，恢復如常的表情和音量：「你帶誰一起？」

顧熠拿起桌上的筷子，將沒用過的那一頭對著蘇漾的方向，輕輕敲了桌面兩下。

蘇漾坐得稍微遠一些，也聽不清楚他們在聊什麼。她不明所以，還在拿紙巾擦嘴和擦桌子，被顧熠那兩下敲得有些詫異。

見顧熠盯著她，手指指著自己：「顧工您叫我？」

顧熠點頭，一貫的言簡意賅。

「妳，跟我走。」

N市最大、最高級的商場——國際廣場，聚集了大量的奢侈品牌，是N市有錢人逛街的首選去處，就在中盛國際對面。

蘇漾平日極少來這邊逛街，對國際廣場的了解也很有限，只知道八樓有一家環境很棒、設計感超強的電影院。

跟著顧熠來到這裡，感覺十分不自在。顏色漂亮、造價昂貴的大理石鋪滿地面，看起來高級奢華，天花板挑高，延伸了視覺效果。各大品牌精緻的裝修，不加掩飾地透露著「我是奢侈品」的意味。這些名店賣精不賣多，進來走了一圈，也沒有多少人，明明天氣這麼炎熱，一樓卻十分清冷。

顧熠也沒什麼耐心逛街，隨便選了一間服飾店就走了進去。

蘇漾亦步亦趨地跟著他，完全一副鄉巴佬的模樣。

服務人員長相精緻，衣著名貴，妝容得體，見到顧熠和蘇漾，便自然地迎接，不冷漠也不過於諂媚，說話輕聲細語，讓人十分有好感。

顧熠看了一眼掛在展示架上的衣服，又看了蘇漾一眼，對服務人員說：「幫她搭一套衣服。」

蘇漾原本以為顧熠是要替家人買衣服什麼的，沒想到主角居然是自己，嚇了一跳。

「我？」蘇漾忍不住質疑，「公司福利嗎？那個，顧工，還有兩個月我才過生日……」

不等蘇漾問清楚，顧熠已經速戰速決地選了兩件洋裝遞給她。

「去試穿，快點。」

蘇漾一連試了三四件洋裝，每一件都是一走出試衣間，就被顧熠否決了。

說實話，每一件蘇漾都挺喜歡的，樣式特別，布料精緻，剪裁優雅。名牌就是名牌，質感和她平日穿得那種平價品牌完全不一樣。

也不知道顧熠想幹什麼，一直臉色嚴峻地看著蘇漾換各式各樣的衣服。

試到第七件，蘇漾已經有點累了，駝著背、垂頭喪氣地走出試衣間。

眼睛一掃，顧熠居然不見人影，踮起腳找他，才發現他到店外接電話了。

蘇漾站在鏡子前看著自己，白色拼接連身裙，寬寬的百褶布料下透出窄窄的半透明真絲歐根紗（Organdy），朦朧的性感和淡淡的仙氣，少女氣息滿滿。原本橫條紋易顯胖，但蘇漾很瘦，彎腰或活動，隱約露出一小節腰肢，纖細秀美。腳上搭配了一雙今年最流行的芭蕾款綁帶涼鞋，跳脫的綠色，點亮了這一身洋裝，顯得活潑又可愛。這種風格，不化妝也不會有違和感。再加上蘇漾天生麗質，皮膚白、毛孔小，完全HOLD得住。

蘇漾越看越喜歡，忍不住挺直了背脊，在鏡子前轉了好幾圈。

正當她沉浸在自己的世界，鏡子裡倏然出現一道不和諧的身影。

那個出去打電話的人不知道什麼時候回來了。

蘇漾立刻局促起來，腦子裡想著，剛才她那些自戀的舉動，他應該沒看見吧？

「顧工，這套怎麼樣？」蘇漾小心翼翼地問。

顧熠手上還握著手機，修長的手指撥了撥手機殼。

英俊的五官依舊耀眼，氣質與名店也很契合。天花板的聚光燈剛好打在他頭頂，加深了他深邃的輪廓。他上下打量著蘇漾，黑白分明的眸子裡閃過一絲意味不明的光。

他抿了抿唇，最後拍板：「就這套吧。」

蘇漾聽到顧熠的話，鬆了一口氣，轉身正要回試衣間把衣服換下來，就聽見顧熠說道：

「別換，穿著走。」

「蛤？」

蘇漾剛才試衣服可是有看標價的，一臉忐忑地說：「顧工，那這些，是報公帳吧？」

「私帳。」顧熠說，「我出。」

「蛤？」顧熠的回答讓蘇漾更詫異了。

顧熠去結帳，蘇漾抱著打包好的衣服，拎著大包小包跟著顧熠往停車場走。

「顧工，您這是什麼意思啊？」穿著高跟鞋走路不如平時快，顧熠又不配合她的腳步，蘇漾只能狼狽地小跑步跟著他，「無緣無故，幹麼幫我買衣服啊？」

顧熠聽見蘇漾的問話，忽然停下腳步，回過頭來，一臉嚴肅地交代蘇漾：「從現在起，妳是我的助理。」

「什麼？」蘇漾覺得自己耳朵出毛病了，忍不住質疑顧熠的決定，「這麼草率？」

顧熠見蘇漾這麼多問題，忍不住皺眉：「我說什麼，妳聽什麼。」

蘇漾想想這一下午，顧熠各種詭異的舉動，忍不住陰謀論起來，她下意識捣著前胸，往後退了一步：「顧工，您這樣子，該不會是有什麼企圖吧？」

顧熠忍不住緊皺眉頭，一字一頓地問蘇漾：

「妳剛才照鏡子，難道沒好好看看妳自己嗎？」

蘇漾被顧熠這麼鄙夷地質問，也是一臉不服氣，忍不住回了一句：「我就是看過以後才得出這個結論。」

對於蘇漾的自信，顧熠輕輕嗤笑一聲，末了，認真回答：「放心，我腦子尚且清醒，絕對不會有這樣的想法。」

蘇漾被他嗆了，也有點不爽了，問他：「既然這麼嫌棄，幹麼帶我出來啊？再說了，我們要去哪裡？」

顧熠看了一眼手錶，隨口回答：「高峰論壇。」

「高峰？論壇？」蘇漾乍聽這四個字，感覺有些陌生。第一個反應是拿出手機搜尋，這不搜不知道，一下嚇一跳。蘇漾一邊看著網路上的介紹，一邊倒抽一口氣。「高峰論壇」是建築協會組織的會議，業界頂尖的人物才能出席，網路上已經曝光，除了顧熠，還有好幾個蘇漾喜歡的建築設計院也派了知名建築師出席。

蘇漾一想到等一下能見到那麼多業界金字塔頂端的人物就清醒了。這種機會多難得，雖然不知道顧熠是哪根筋不對要帶她去，但這種好機會誰會拒絕啊？這個經歷光是寫進履歷也夠嚇人了。

一番天人交戰之後，她老老實實跟著顧熠上了車，還主動和顧熠說話，態度十分狗腿：「顧工，那我等一下需要做點什麼呢？」

顧熠扣好安全帶，目不斜視，冷冷淡淡地回答：「老實當個花瓶就好。」

被顧熠這麼說了卻不能反駁，蘇漾只能安慰自己，至少花瓶是美麗的。

蘇漾第一次坐顧熠開得車，沒有想像中那麼可怕，顧熠開車技術不錯，起停很穩，一路幾乎都是等速。顧熠的車是蘇漾少數認得的品牌——福斯。價格實惠，十分親民。

學校裡那些富二代開著保時捷、法拉利，他一個知名建築師只開福斯，倒是很低調。

「這車不錯啊，又實用又低調。」車廂裡氣氛怪怪的，蘇漾最怕尷尬，只好再找話題，「福斯的車就是實惠。這車二十幾萬就能買到吧？」

顧熠沒有回答。車廂裡彷彿繚繞著蘇漾問題的尾音，帶著淡淡的尷尬。

最後一個紅綠燈，顧熠一個右轉，開進N城的百年飯店。

歷時百年洗禮，經營者家族傳承了好幾代，雖然數度裝修，依舊帶著百年的風韻。

停好了車，飯店的保全已經等候在車旁，要幫忙泊車。顧熠沒有立刻下車，而是對著後照鏡整理自己的領口，表情依舊淡然。

他突然轉過頭，看了蘇漾一眼，一字一頓地說：「二十幾萬不夠。」

「嗯？」

「這是 Touareg。」

顧熠這招回馬槍，也是無人能及了……

從中盛國際出發，大約開了四十幾分鐘到達會議舉行的飯店。不是尖峰時間，也沒有塞車，走環線很快就抵達了。

在飯店工作人員的帶領之下，兩人一起走進主會場。

蘇漾年輕，又是學生，第一次有機會出席這麼大型的會議，在現場是既好奇又拘束。全程都不禁四處打量，又不敢表現得太過興奮。

今天飯店最大型的活動就是這場建築界的峰會，使用的是飯店最大的主會場。

現場的裝飾十分主流，舞臺居中，沒什麼巧思，背板的設計，紅得像旗幟似的，正統得幾乎有些土氣。

金碧輝煌的燈光璀璨，人流往來，衣香鬢影。

會議還沒正式開始，蘇漾有些緊張。

「我去趟洗手間。」

顧熠點點頭，看都沒看她一眼。

飯店很大，蘇漾從洗手間出來卻走錯了方向，一個人像無頭蒼蠅似的轉了一陣子，就是找不到主會場。幸好路上遇到一個好心的姐姐，正好也要去主會場，便主動提出帶蘇漾過去。

對方是個年紀大約二十幾歲的女人，看起來比蘇漾洗鍊很多，應該比她大一些。

一頭中長髮綁成簡單的馬尾，一身俐落剪裁的ＯＬ裙裝，不是特別驚豔，卻又非常好看，這種分寸非常難拿捏，看起來並不出眾，但是氣質非凡，一點也不咄咄逼人，十分討人喜歡。

她說話的聲音也很溫柔，像廣播電臺主持人。她一路上和蘇漾聊天，緩解蘇漾的緊張。

上一次吸引蘇漾這個聲音控的美聲，還是顧熠。算了，往事不要再提。和顧熠相比，這位姐姐真是表裡如一的溫柔。

「我第一次參加高峰論壇是在五年前，也是老闆帶我來的，那時候我和妳差不多大，但比妳差勁多了，一直緊張，說話都結結巴巴，幸好老闆替我解圍。」

聽她這麼安慰自己，蘇漾忍不住感慨：「妳當時的老闆人真好。」

她笑著，眼中流露幾分懷念，溫柔中帶著點遺憾：「是啊，真的很感激他。」

「其實我也不知道我需要做什麼，我就是來見識我的偶像們。」

蘇漾的話逗笑了她，兩人一起走回主會場。

現場的人越來越多，來賓都已經落坐。

她好心地問了蘇漾一句：「誰帶妳來的？能找到人嗎？」

蘇漾環顧四周，撇著嘴回答了一句：「一個神經病。」

她話剛說完，顧熠正好出來找她，眼神中帶著平日的冷酷。蘇漾感嘆，真的不能背後說人啊，說曹操，曹操就到。

見顧熠徑直朝蘇漾走來，姐姐不經問了一句：「神經病？」

蘇漾眼尖，見顧熠越走越近，趕緊心虛地豎起一根手指抵住嘴唇：「噓。」

「我先走了，謝謝妳。」蘇漾趕緊走向顧熠，剛走出兩步，就聽見身後那溫柔的女聲，用廣播主持人的甜美語調，一字一頓地說著。

「顧熠，好久不見。」

蘇漾怎麼也沒想到，隨便遇到一個人，竟然是顧熠認識的，重點是她以為不可能和這個姐姐有什麼交集，還和人家說顧熠是「神經病」……

這下子他們倆在她眼前聊天，她一直心懷忐忑，很怕人家說錯話，把她給供出去。

對比女方的溫柔，顧熠的聲音則十分冷淡。

「上個月才見過，廖杉杉。」

真是一句話就把天聊死了，顧熠實在是不解風情。

「是嗎？我覺得好像很久不見，難道是太想你了？」

雖然顧熠語氣生硬，廖杉杉卻玩笑以對，不著痕跡便化解了尷尬。

蘇漾抬頭偷偷打量了她一眼，從心裡佩服這個八面玲瓏的女人。想來此人情商如此高，應該不會供出她的。

兩人在敘舊，蘇漾不好插嘴，目光便落向一旁的甜品吧檯。

那些五彩斑斕的小甜品和各種新鮮嬌豔的水果放在一起，讓蘇漾食欲大開。端著餐盤圍著甜品吧檯繞了一圈，看著那些造型精緻的甜品，蘇漾雖然心花怒放，卻始終很克制。馬卡龍是蘇漾的最愛，但她沒有貪心拿很多，基本上都是淺嚐即止。一邊嚐著甜品，一邊裝作不在意地偷聽他們說話，這可真是需要技巧。

廖杉杉雙手自然交疊於胸前，只要與人說話，腳就會呈丁字站立，姿態始終優雅。她看了蘇漾一眼，臉上始終帶著笑，對顧熠說：「你身邊很久沒有女人了，我以為我會是最後一個。」

顧熠聽了這曖昧的話，皺了皺眉，「不過是個助理，沒有那麼獨特。」顧熠說著，順口介紹蘇漾，「忘了介紹，這是我的新助理，叫蘇漾。」

廖杉杉看了她一眼，眼中閃過一絲複雜。

蘇漾正好夾了一塊起司蛋糕準備放進嘴裡，被顧熠的話嚇得手一抖。這一刻，蘇漾終於知道他為什麼突然說要她當助理，這分明就是利用她。

「很漂亮，打破了建築業沒有美女的魔咒。」明明是句恭維，卻讓蘇漾聽著很不自在。

蘇漾趕緊否認：「那個……我不是。」

被蘇漾拆臺，顧熠也不尷尬，點了點頭說：「她還是實習生，未來不一定能轉正職。」

蘇漾：「……」

高峰論壇的開幕式在他們的尷尬對視中宣布開始，大家各自回座。

廖杉杉沒有再說什麼，只是意味深長地看了顧熠和蘇漾一眼，然後轉身回到她的位置。

跟著顧熠落坐後，顧熠沒怎麼說話，但是心情看起來卻不差。

蘇漾壓低聲音湊近顧熠，很認真地問他：「前女友？」

顧熠見她突然湊近，皺著眉把她的小腦袋瓜推了回去。

蘇漾原本以為顧熠不會理她，卻不想他竟然開了口。

「不是。」顧熠目不斜視地看著前方的舞臺。

「也是建築師？」

「不是。」

連問兩個問題，顧熠都像錄音機一樣給出相同的答案，蘇漾想著從他嘴裡也撬不出什麼，就作罷了。

沒想到，蘇漾不問了，顧熠卻自己說了起來。

「從我創業起，她就跟在我身邊，做了六年助理。」說起廖杉杉，顧熠眼中閃過一絲複雜的情緒，「後來被挖走了。」

「你是不是沒給人家調漲薪資啊？」

顧熠抿了抿脣，回過頭對蘇漾說，「她沒有和我談過，就直接跳槽到對手陣營。」他頓了頓，「而我，最討厭背叛。」

說真的，高峰論壇並沒有蘇漾發揮的餘地，雖然見到了很多她從前只能從書裡、新聞裡看到的人物，但是別人和她的交流也僅止於握手。

跟著顧熠，蘇漾能一窺食物鍊頂端的風景。即使蘇漾不是有野心的人，在這樣的場合，也會忍不住希望自己可以變強。

會議結束，顧熠沒有參加晚宴。

蘇漾看了看菜單，晚宴是吃港式，全是珍饈美味，錯過了還是覺得有些遺憾。

兩人走回停車場，顧熠一直沒怎麼說話。

蘇漾以為是廖杉杉讓他耿耿於懷，趕緊安慰了一句，「職場這種事是不可避免的，幸好你現在慧眼識金，找我當助理，我肯定不會被人挖走。」說完又自以為幽默地補了一句，「因為根本不會有人挖我，哈哈。」

顧熠停下腳步，手裡拿著車鑰匙，下意識地摩挲了幾下。

「確實不會有這樣的煩惱。」顧熠一字一頓地說，「從現在起，妳不再是我的助理了。」

「……」這任期，是不是有點短啊？

蘇漾怎麼也沒想到，談笑之間，她迷迷糊糊「上任」，還沒反應過來，就「卸任」了。

這不是過河拆橋是什麼？

被人這麼戲耍，就是人偶也有脾氣，蘇漾實在忍不住，攔住顧熠，想為自己討個交代。

「顧工，你這樣用完就丟，是不是有點過分？」

顧熠斂眉沉默，片刻後輕輕聳肩：「以妳的實力，留在李工組裡，已經是我的仁慈，做我的助理，還差得遠。」

蘇漾瞪大眼睛看著顧熠，一臉不可置信：這人怎麼能這麼理直氣壯？

「顧工，你這是職場霸凌啊！」

顧熠一臉真誠：「我說的都是事實。」

「好！李工組的人都超級好，我也不想走！」

「如妳所願。」

不等蘇漾，顧熠已經率先上了車。

他對著蘇漾晃了晃車鑰匙，問她：「走不走？」

蘇漾義憤填膺地看著他，意氣用事地說：「我不走了，這總是我可以決定的吧？」

顧熠微微探頭，眼瞳淡漠地看了她一眼，薄唇輕啟，沒有一絲緩和的意思：「可以，那我就先走了。」

說完，居然就真的把車開走了。

開、走、了。

從飯店到中盛國際，要四五十分鐘的車程，到時候回學校那班公車的末班車大概早就過了。要是從中盛國際坐計程車回學校，至少要一百塊出頭。蘇漾最近沒什麼錢，最後權衡之下，決定直接坐車回家，順便找老媽「充電」。

和石媛通過電話後，蘇漾徑直回了家。三更半夜的，蘇漾突然回家，把蘇媽嚇了一大跳。老爺倒是高興得很，圍著蘇漾的腳打轉，還時不時抱著蘇漾的腿蹭來蹭去。蘇媽見此情形，尷尬地把老爺拎到一邊：「這笨狗又發情了，早知道就帶去結紮。」

說完，蘇漾就看見蹭她失敗的老爺，又去對著沙發蹭了。

可真是精力旺盛啊。

「不是說週末才回家？怎麼今天就回來了？」蘇媽接過蘇漾手裡的包包，正準備掛起來，突然又回過頭，上下打量蘇漾，「妳身上這件裙子是什麼時候買的？」

提起裙子，蘇漾就想起那個大賤人，胸中一口惡氣真是不吐不快。

「今天買的。」

蘇媽敏銳地上前，摸了摸裙子的質料：「挺貴的吧，妳哪來的錢？」

蘇漾站累了，癱在沙發上，喋喋不休地抱怨起來：「……公司老闆買給我的，妳不知道他有多惡劣，先是帶我去買裙子，然後帶我去參加一個很高端的會議，然後他怎麼做妳知道嗎？他居然……」

蘇漾口沫橫飛地講完今天的血淚經歷。

蘇媽始終眉頭緊鎖，末了，還擔憂地問了一句，「這老闆，是不是有什麼壞心眼？」接著不放心地囑咐蘇漾，「蘇漾，妳要好好保護自己，千萬別學那些沒底線的女孩，遇到有錢男人就獻身。也別被男人的糖衣砲彈腐蝕了，妳想要什麼，媽努力買給妳，別要男人的東西。那些有社會歷練的男人，專門靠這些招數哄妳這種初出茅廬的小女孩。」

「……」蘇漾聽蘇媽越說越歪，忍不住詫異，「媽，妳這是想到哪裡去了？」

蘇媽腦洞一開就停不下來，以為蘇漾在公司和老闆有什麼不可言說的關係，強行開導她到十二點，蘇漾百般解釋，才得以睡覺。

要不是看在蘇媽又多給了她五百塊錢的分上，她早就發作了。

這顧熠，可真是把她害慘了。

睡前，蘇漾抱著老爺，忍不住對著牠感慨一句：「你們這些臭男人，早晚有一天，會被人類的進化淘汰，哼！」

前一天睡得晚，第二天還得早起，上班不像上學，不舒服就蹺課。

哎，出社會真是艱難啊！

早上趴在座位上小憩了半小時，還沒補滿能量，李工就從辦公室出來，叫她的名字。

跟著李工到他辦公室，在他的指示下幫他拿了不少文件。

「他們都在忙，只好麻煩妳了。」李工一般不會使喚蘇漾，所以有點過意不去。

「沒關係。」

李工走在前面，先進了電梯，按下樓層號碼。蘇漾一看，居然是顧熠的辦公室。

「去顧工那裡？」

李工點點頭。

「聽說妳昨天跟顧熠去高峰論壇？怎麼樣，長見識了嗎？」

提起顧熠，蘇漾就忍不住有些不爽，「長很多，畢竟某些人真是讓我大開眼界。」說完，又覺得自己用詞不妥，怕被李工發現自己在說顧熠壞話，忐忑地看了李工一眼。

李工不以為意：「妳說顧熠啊？」

「不是不是！」蘇漾趕緊否認，「我是說業界大佬們，都讓我大開眼界。」

說完，心虛地低下頭。

李工笑了笑，「顧熠大概是心情不太好，他和以前的助理廖杉杉之間有些恩怨。」說完，他頓了頓，看了蘇漾一眼，「對了，昨天妳見到廖杉杉了嗎？」

「見到了。」想起那個溫柔的女人，蘇漾忍不住為她打抱不平，「被上司欺負，肯定是會跳槽的，非常正常。」

電梯到了顧熠辦公室的樓層，兩人抱著一大堆專案資料和圖紙走出來。

李工走在前面說著：「其實我一度以為他們會在一起。」

聽見這句話，蘇漾驚愕不已，「不可能吧？我看那個姐姐精神狀態很正常啊……」蘇漾脫口而出才意識到自己說錯話，趕緊改口，「我的意思是，顧工比較高冷一點，不好交往吧。」

「是啊，」李工笑了，「所以我也很好奇，顧熠會喜歡什麼性格的女孩？」

「肯定不是普通人。」蘇漾低聲接了一句，「必須脾氣很硬，才能用魔法打敗魔法。」

李工聽到蘇漾的嘀咕，大笑起來。

「也許吧，廖杉杉可能還是太溫和，太包容顧熠了。」

「肯定是這樣！」

當年廖杉杉離開Gamma，直接投入敵方陣營，讓顧熠完全亂了陣腳。

廖杉杉太能幹，以至於他的工作和生活都離不開她。六年時間，她把他的一切都安排得井井有條，他只需專心發揮自己的才華，在建築業大放異彩。

沒有任何前兆，也沒有理由，她一封辭職信遞給顧熠，說走就走。

當時顧熠正忙於投標一個國際專案，沒有太過關注她的情緒，以為她是工作太累，鬧鬧彆扭。沒想到，一週不到，她就去了他當時最大的競爭公司——百戈。

廖杉杉走後，他用了很長一段時間去重新適應工作和生活的節奏。也不意外地錯失了那個國際專案，而百戈，在廖杉杉的幫助下，順利拿下那個專案。

她太了解顧熠，他的做事節奏和風格，所以他們才能全方位力挫顧熠。

不久後，在一場建築業界的酒會上，他們狹路相逢。

百戈的人帶著廖杉杉在顧熠面前耀武揚威，顧熠只是意味深長地看了她一眼。

四下無人的時候，廖杉杉走到他面前。她舉起了酒杯，他卻沒有碰杯。

「我以為，你至少會打個電話，問問我，為什麼。」廖杉杉晃了晃手上的酒杯，酒液在杯中優雅打轉，她懷著幾分期待看著他，「如果我想回去呢……」

「不可能。」顧熠皺眉打斷她，一字一頓地說，「我從不原諒別人背叛。」

這個回答完全在廖杉杉意料之中，她將杯裡的酒一飲而盡，笑著說：「顧熠，你不會遇到比我更好的。」

不得不承認，他很卑鄙地利用了蘇漾，過去他根本不屑做這種事。經歷過廖杉杉後，顧熠才明白，花瓶遠比有思想的女人更好控制。從能力來說，蘇漾甚至比不上廖杉杉的一片手指甲，但是蘇漾年輕，長相也比廖杉杉更出眾。

廖杉杉說他不會遇到比她更好的，很可惜，他已經不需要更好的。一個花瓶就足以打擊她。看到她眼中閃過一絲失落，顧熠知道，自己的選擇沒有錯。

前一晚和蘇漾不歡而散，顧熠很衝動地把車開走，沒走多遠就後悔了。

顧熠自認並不是缺乏紳士風度的人，可是也不知道為什麼，被蘇漾那小丫頭激了幾句，就忍不住要和她唱反調，看到她氣急敗壞，就有種贏了的快感。顧熠已經很多年沒有過這種人類的情緒。

廖杉杉之後，他便不讓女人接觸他的事業和生活了。

當時思前想後，顧熠又把車開了回去，但是蘇漾已經不見人影。車後座還放著購物袋，裡面是蘇漾換下來的衣服，顧熠這才想起蘇漾穿著高跟鞋，忍不住皺了皺眉。

第二天上班，顧熠把那些購物袋都帶進了辦公室，在路上，他也不知道哪根筋不對，居然鬼使神差地買了一些零食，放進購物袋裡。

他每次去李樹組裡，總是看到蘇漾偷偷在吃零食，這也算是投其所好吧。

他可不會承認他心懷一絲歉意。

早上打電話給李樹，要他過來開會，旁敲側擊地問了一下蘇漾的情況，李樹立刻興奮到不行。已婚男人就是可怕，看到單身男女，就恨不得幫他們把孩子的名字都想好。

不等顧熠解釋，李樹在電話那頭別有深意地說：『我等一下把蘇漾帶過去，你有什麼話，當面說吧。』

顧熠看了一眼放在桌上的購物袋，想了想，最後什麼也沒有解釋。

櫃檯打了內線給顧熠，告知李樹到來。

顧熠想了想，提著購物袋走出辦公室。

穿過走廊，隔著辦公室的毛玻璃，遠遠看見兩個人的身影。

顧熠往前走了幾步，一眼就看見蘇漾。

她穿了一身嫩黃色的連身裙，一側的頭髮用一個髮夾別起，露出小巧白皙的耳朵，帶著幾分少女特有的秀美。

她抱著一疊文件，和李樹邊走邊聊。

顧熠走得越近，他們聊天的內容就聽得越清楚。

「最近妳是不是把顧熠批評得太狠了？其實顧熠也沒妳想得那麼可怕，他屬於那種，明明可以靠家裡，卻偏偏要自食其力的人。」李樹說。

「可能實力強大的人，都有點脾氣吧。」

李樹倒是沒想到蘇漾有這麼深的偏見：「顧熠每次去學校演講，那些小女生都興奮得要命，一直圍著問問題，我還以為小女生都喜歡他那一款。」

「顧工又帥又有才，確實是很多人喜歡的菁英大叔款。」蘇漾微笑，「但不包括我。」

「顧熠……」

李樹一抬頭，就看見了顧熠，趕緊阻止蘇漾繼續說下去。

倒是蘇漾，看見顧熠，並沒有什麼害怕的表情。

空氣中，兩人針鋒相對的視線焦灼在一起，李樹忍不住往旁邊站了一步。

顧熠皺著眉，表情明顯有幾分不爽。

「你先進去，等我開會。」顧熠對李樹說。

李樹來回看了看顧熠和蘇漾，擔心地說：「蘇漾是個小孩子，說話比較直接。」

顧熠立刻瞪了他一眼，李樹挑眉表示閉嘴，往他辦公室走去。

李樹走了，只剩顧熠和蘇漾面面相對。

尷尬的沉默在兩人之間蔓延，蘇漾不想看到顧熠，撇開了視線，一臉不爽地看向旁邊。

許久，顧熠用低沉的聲音說道：「文件給我。」

「嗯？」蘇漾愣了一秒，隨後沒好氣地將那些文件都丟到顧熠身上，他單手接住。

「妳的衣服。」顧熠惜字如金，直接將手裡的購物袋塞給蘇漾。

蘇漾手上被塞了兩個購物袋，第一個反應是低頭看了看。

裡面有她昨天穿的衣服，她這才想起來，自己昨天走得太急，忘了拿。

原本這也沒什麼，但是購物袋裡還多了一些可疑的東西。

話梅、糖果、洋芋片、餅乾……

她很確定，她昨天換衣服，沒有換下這些。

「這，什麼意思？」

顧熠依舊是那副高高在上的表情：「沒什麼意思。」

蘇漾狐疑地看了顧熠一眼，指著自己問了一句：「給我的？」

顧熠沒出聲，表情透露著「廢話」兩個字。

蘇漾撥了撥那滿滿一袋的零食，警惕地看著顧熠，想了想，緊張地問了一句：「該不會……有毒吧？」

第四章　耐震指數

蘇漾的話引得顧熠的目光略顯凌厲，他一動不動地佇立在那裡，如墨深的眸子裡，倒映著蘇漾的身影。一雙濃密的眉毛微微蹙緊，宣示著主人並不算好的脾氣。

「妳腦子裡有毒嗎？」

顧熠的聲音帶著幾分不爽，連呼吸中都帶著怒氣。

蘇漾知道這時候的顧熠惹不得，膽顫心驚地遞上紙袋：「那……還給你？我還沒吃。」

顧熠瞪了她一眼，沒有去接。

「回去工作。」

把蘇漾嚇得拎著袋子就跑。

顧熠的辦公室是黑白色系的工業風設計，每次李樹來開會，都要吐槽：「來你這裡，真的有種憤世嫉俗、生無可戀的感覺。」

顧熠沒什麼表情，不理會李樹，只是低頭整理著李樹的圖紙，一張一張按順序排開，沒多久就鋪滿了工作檯。

「蘇漾這孩子，雖然橫衝直撞，但還挺有趣的，比起職場上那些八面玲瓏的老油條，她這樣還帶著真性情的新人，更容易讓人記住。」李樹偷偷看了顧熠一眼，「是吧？」

顧熠認真地看著圖紙上的設計，頭也不抬：「這樣的人，根本不適合職場，憑她說的那些話，足夠開除一萬次了。」

李樹笑，「那你也沒開除她啊？」他用過來人的語氣勸說顧熠，「嘴上說不要，身體倒是很誠實。我認識的顧熠，可不是隨便會幫小女孩買零食的人。」

顧熠被調侃了，抬眸深深睨了李樹一眼，帶著幾分威懾的意味：「李樹，你很閒嗎？都有心情八卦了？」

李樹倒是不怕顧熠，一邊開電腦，一邊別有深意地說：「我是擔心吶，收服女人的心，先收服女人的胃。你這送零食的招數，不太對勁啊！」

顧熠皺眉：「說反了吧？」

應該是收服一個男人的心，先要收服他的胃。

「哈哈。」李樹對此也不掩飾，只是爽朗地笑著，「我亂說的，不過道理差不多嘛。」

顧熠睨了他一眼，沒有接話，只是若有所思地撥弄著折角的圖紙。

蘇漾回到李工組，又投入例行工作。

不是整理資料，就是跟著一起做等比模型，最接近建築設計的工作，就是幫效果圖渲染一下背景。雖然工作不累，卻讓蘇漾這樣的吊車尾都忍不住有些挫敗。

學了這麼多年的建築學，最後卻做打雜的工作，那倒不如轉行。

室友石媛一開始實習，就跟著建築設計院的老工程師接觸專案，甚至參與設計。學霸就是不一樣，即便面對職場上性別歧視的陋習，依舊能憑實力贏得讚賞和肯定。

石媛也給了蘇漾一些經驗談，但是她的工作環境和蘇漾不一樣，那些方法都有些「水土不服」。

能堅持做建築設計的女人並不多，蘇漾未來會踏入婚姻，重心可能會轉移到自己的小家庭，就算努力晉級成為建築師，也很可能不堪承受高壓的加班生活。最近的經歷讓蘇漾一直在思考，到底要不要堅持做這行，她似乎並不是很適合。

下午，蘇漾替李工送文件給顧熠，想到和顧熠關係也不好，想要真正參與專案更是難上加難。

走進電梯，蘇漾忘了按下樓層，等她反應過來，電梯已直線下降，錯過了顧熠的樓層。

電梯門再次打開，進來一個身穿藍色休閒襯衫搭配卡其褲的男人。

郎眉星目，眸間帶笑。個子與顧熠不相上下，是蘇漾需要仰視的高度。只不過眼前人氣質更為親和，不讓人有那麼強的距離感。

這人打扮隨性中帶著時尚，髮型也很有造型感，乍看倒像是個人氣明星。要不是他身上有 Gamma 的員工證，蘇漾完全無法把他和 Gamma 那些樸實木訥的建築師聯想在一起。

他一進電梯，就按下顧熠辦公室的樓層，看來也是去找顧熠的。

蘇漾忍不住悄悄多打量了他幾眼。

蘇漾沒搭訕，對方倒是很主動。

他低頭看了一眼蘇漾前胸的員工證，問道：「妳是新來的？以前沒見過妳。」

蘇漾不知道他是誰，有所防備，沒有說話，只是點了點頭。

「我是林鋮鈞。」他微笑著自報姓名，向蘇漾湊近了一點，「妳是哪個部門的？」

蘇漾本能地後退了一步，不確定這人的意圖，只是小聲回答：「設計部。」

「好巧，我也是，才從加拿大做完案子回來，這幾個月沒進公司，就有新人來了。」他似乎沒有感覺到蘇漾的尷尬，很自來熟地問，「那妳和顧熠是什麼關係？」

蘇漾以前從來沒見過這個人，他這麼唐突地問這種問題，讓她不由有些反感。

「您這話是什麼意思？」

「我們設計部團隊沒有女人。整個事務所裡女實習生都很少，更別說進設計部了，設計部是顧熠的地盤。」

蘇漾這才明白他的意思，表情有些尷尬：「我也沒進去顧工的地盤，我就是個打雜的，進不去。」

林鋮鈞直直盯著蘇漾的眼睛，見她眼神沒有閃爍，相信了她的話。

「看來顧熠想通了，也好，男女搭配，工作不累。」他微微低頭靠近蘇漾，一雙桃花眼帶著幾分勾引地凝視著蘇漾，嘴角勾起一絲笑意。

蘇漾又往後退了一步：「可能也不是顧工想通了，而是他沒把我當女人吧。反正我也不可能進入建築師團隊。」

「妳真有意思。」林鋮鈞撥了撥頭髮，言笑晏晏地說，「能進Gamma的都是菁英，自信、甚至自負是最基本的，不然經常被顧熠打槍，早幹不下去了。」

他話音剛落，就聽見電梯門開啟的聲音。

他紳士地做出一個「請」的姿勢，在這種場合正式得有些滑稽，卻又不讓人覺得討厭。

兩人剛走幾步，就看到顧熠迎面走來。

林鋮鈞見到顧熠，熟稔地走過去，沒有一絲尷尬和猶豫，直接就是一拳，捶在顧熠的肩膀之上。

「我回來，你接都不接，像話嗎？」那種語氣，一聽就是非常熟悉的朋友。

林鋮鈞一把勾住顧熠的脖子，力道不重，只是兄弟之間表達親近的方式。顧熠卻是嫌棄地推開他，他撣了撣肩膀，依舊挺直背脊，擺出那副和平時沒什麼兩樣的冷酷表情，彰顯著自己鋼鐵直男的本質。

他看也沒看林鉞鈞，視線落在前方——尷尬得不知如何自處的蘇漾身上。

他往前跨了幾步，來到蘇漾身前，居高臨下地看著她。

「來送東西？」

蘇漾先是一愣，隨即點頭如搗蒜，趕緊遞上資料夾：「這是李工要我拿給您的。」

顧熠接過資料夾，嘴唇始終輕抿。

蘇漾站在原地沒動，幾秒後顧熠才不耐煩地說：「還不走？要我請妳喝茶？」

「不用不用！」蘇漾趕緊腳底抹油，溜了。

蘇漾走後，顧熠拿著她送來的文件，頭也不回就往辦公室走去。林鉞鈞趕緊跟在他身後，不懷好意地說：「我不在的時候，你招了個女人進來？」

顧熠沒有說話，徑直推開辦公室的門。

對顧熠這種冰山美男，林鉞鈞早已習慣，輕咳了兩聲，又道：「顧熠，這小丫頭調我組裡吧，我親自帶。」

顧熠的腳步微微一頓，表情不自然地一緊。

回想剛才在走廊上，看到蘇漾和林鉞鈞聊得不亦樂乎，顧熠就忍不住皺了皺眉。

顧熠萬萬沒想到，蘇漾這小女孩看起來沒什麼腦子和心機，居然還有點禍水的潛質。

自從她來以後，已經有好幾組的組長求顧熠把她調過去，現在居然又輪到林鉞鈞。

顧熠將文件放在辦公桌上，坐上旋轉椅，目不斜視地看向電腦。

「我看你是不知道累？既然回來了，就好好工作，別胡思亂想。」

林鋮鈞翹著腳坐在顧熠對面，表情輕佻：「有美女到我組裡工作，我思緒更通暢。」

「你是想通思緒，還是通別的，你自己心裡清楚。」

林鋮鈞笑：「通一通別的，同事關係更好。」

顧熠一臉嫌棄地看了他一眼，最後警告：「不准搞事務所裡的，別的我不管。」

說真的，蘇漾實在不知道自己又做錯了什麼，突然被顧熠點名到辦公室談話。

說是談話，卻也沒談，只是面面相對，就像學生時代進老師辦公室的那種情況。

老師坐在辦公桌前，學生雙手小心謹慎地交疊於身前，低頭等待訓話。

前兩天李工才特別找她談過話，要她說話別口無遮攔。

在職場上，過分直爽就是沒腦子。

蘇漾很感激李工的提醒，之後就不說出口了，只在心裡默默罵顧熠。

她都這麼克制了，難不成他還會讀心術不成？

顧熠的辦公室風格與他一致，以黑白色系為主色調，利用裸露紅磚、水泥和復古風的金屬製品裝飾，看上去神祕而冷酷。

只是此刻蘇漾沒什麼心情欣賞，只覺得這環境再配上顧熠陰晴不定的脾氣，簡直和恐怖片的場景沒兩樣。

顧熠坐在辦公桌前，左手握著鋼筆，在紙上專注地寫寫畫畫，整個辦公室裡過分安靜，只聽見時鐘擺動、電腦運作，以及蘇漾緊張的呼吸聲。

他的筆尖劃過紙張，發出刷刷的聲音，半晌，筆尖頓了頓，他終於抬頭。

「為什麼學建築？」

顧熠說話，會不自覺用一點命令的語氣，哪怕是問問題，也帶著幾分霸道，不過倒不至於讓人生厭，反而會不自覺臣服。

事出突然，蘇漾來不及想那些場面話，只是直覺地回答：「我媽要我學的。」

「妳怎麼看待建築設計師這個職業？」

蘇漾緊張地握緊手心，回答：「很累的職業。」

「為什麼想當建築師？」

蘇漾聲音越來越小：「為了錢。」

顧熠頓了頓，又問：「妳怎麼看妲己貂蟬這類女人？」

顧熠這個問題，問得蘇漾滿臉問號。

這話題是不是扯得有點遠，和她的工作有什麼關係？雖然無厘頭，但是老闆提問，總不能不答，思索了幾秒，斟酌著回答道：「紅顏禍水……吧？」

顧熠點了點頭，嘴角勾出一個意味不明的弧度。他放下鋼筆，身子後傾，靠在旋轉椅的椅背上。雙手自然交疊，放在大腿上。

「從今天起，妳調到我組裡，以後，妳跟著我。」

「蛤？」蘇漾沒想到今天談話的結果居然是這樣，兩隻眼睛瞪得如銅鈴一般大，一想到要跟著顧熠工作，她的頭皮就開始發麻，說話都不流利了，「我……我可以拒絕嗎？」

顧熠和善地挑了挑眉，「可以。」不等蘇漾鬆口氣，他又說，「那我就當妳要辭職。」

蘇漾：「……」

靠，這分明就是不能拒絕啊！

工作真的是催人成長啊。

每當蘇漾克制不住脾氣，想要掀翻顧熠面前的桌子，她腦海裡就會閃過李工對她的諄諄教誨。

一個字，忍；四個字，一忍再忍。

蘇漾調整呼吸，終於平復情緒。

「我接受這個安排。」蘇漾的聲音很平靜，只是目不轉睛地盯著顧熠，試圖從他臉上看出什麼破綻，「但我還是想問，為什麼？」

顧熠淡淡掃了她一眼，反問她：「什麼為什麼？」

「為什麼總是對我特別待遇？」

顧熠的辦公室密閉且安靜，彷彿說話都有回音。粗麻窗簾沒有拉上，一縷陽光如同一束耀目的金線，正好落在面前的女人頭上。

她黑色的頭髮細密而厚實，在陽光下還顯現出栗黃的色彩，很奇妙的變化，讓她身上始終帶著少女感。飽滿的額頭和線條柔和的鵝蛋臉，皮膚白得像剛洗淨的蓮藕。一笑起來，一對淺淺的梨渦，不笑的時候也不覺得凶。

難怪事務所裡的男同事都對她虎視眈眈。長期在雄性賀爾蒙過剩的環境裡工作，就像那個過時的玩笑，「當兵兩三年，母豬賽貂蟬」，更何況她還屬於比較好看的「母豬」。

尤其她又活潑，對誰都笑，和誰都能熱絡地聊幾句，除了顧熠。面對顧熠，她大多都是不滿、不爽、委屈的眼神。看著她瞬息萬變的表情，顧熠竟然覺得有些有趣。

腦海中閃過李樹對他的提醒，手上的鋼筆輕輕在紙上點了一下。

「放心，妳不是我喜歡的類型。」顧熠嘴角勾起，「所以妳也不要想太多，更不要把我普通的安排，當作對妳的特殊待遇。」

聽見顧熠那冷冰冰又自戀無比的話，蘇漾腦中只閃過一句話。

忍無可忍，無須再忍。

「什麼喜歡不喜歡，我的意思是，您能不能別再針對我了？」蘇漾越想越不爽，「顧工，您都這把年紀了，肯定知道『自重』怎麼寫吧？」

「……」

林鋮鈞知道顧熠要把蘇漾調到自己身邊後，一大早就跑到他辦公室抗議。

這雖在顧熠意料之中，卻還是覺得不勝其煩。

手裡的概念稿還沒完成，下午又要開會，本來就忙，還得應付這種無聊事，顧熠忍不住蹙緊眉頭。

林鋮鈞雙手交叉環抱在胸前，一副義憤填膺的表情。

「不是說把人調到我組裡嗎，怎麼調到你身邊了？」

顧熠低頭畫圖，沒有理他。

林鋮鈞也不在意後果，直接攻擊：「顧熠，你這是以權謀私，很不要臉！」

「嗯。」

林鋮鈞還不消氣：「你還說叫我不准搞公司裡的，你自己呢？一男一女長期待在一起工作，你自己又能把持得住？」

聽到這裡，顧熠終於抬起頭，手背扣了扣桌面，明顯帶了幾分不爽，強勢說道：「林鉞鈞，我的決定，你只需要接受，明白嗎？」

林鉞鈞忍不住爆粗口：「去你的！」

第一天到顧熠組裡報到，李工組的同事來幫她換座位搬東西，一個個都依依不捨的樣子。

顧熠組裡的人，據說都是事務所裡脾氣最古怪的，也難怪能和顧熠一起工作，正常人哪裡辦得到？

顧熠為她安排的座位在一個小角落，離顧熠的辦公室很近，和其他人都很遠，連個說話的人都沒有。

這感覺和學生時代，老師講臺左右的特別座一樣，簡直不要太鬱悶。

早上起得太早，早餐也沒吃，蘇漾正猶豫著要不要去員工餐廳買個餅，顧熠忽然出現在她座位前面，也不知道他什麼時候出來的，走路悄無聲息。

他敲了敲她面前的桌子：「收拾一下，跟我走。」

蘇漾抬頭看了他一眼，忍不住嘀咕：「每次都這樣，跟叫狗一樣。」

她說得非常小聲，但顧熠還是聽見了：「怎麼，叫不動妳？」

蘇漾想到自己的實習分數，立刻換上一副面孔，亦步亦趨地跟上：「隨叫隨到！」

第一天到顧熠組裡，顧熠完全不懂憐香惜玉，直接帶她去工地。

是的，工、地！

而且還是為了查核一個小資料，明明隨便派個人就可以了！

他是有意的？還是故意的？

不到十點，空曠的工地已經被太陽烤得熱氣蒸騰，又髒又熱，蘇漾不知道顧熠的安排，還自找苦吃地穿了一雙紅色的尖頭小皮鞋，坐辦公室當然好看，可是去工地，完全就跟小美人魚把魚尾換成人腿一樣，走路都像在刀尖上起舞。

蘇漾跟著走了一段路，開始心有餘而力不足：「顧工，我可以問問，我們為什麼要來工地嗎？」

顧熠見蘇漾如此嬌氣，忍不住開口教訓：「做建築師的，工地都不去，和紙上談兵有什麼區別？」

蘇漾微微皺眉：「可是，別的建築師都不去啊，況且建築師都去工地了，土木系的人要幹什麼？」

「在國內，可能確實是土木工程人員去工地，但是在國外，業界更注重實地考察。」

蘇漾聽到這裡，委屈嘟囔：「我們這不是在國內嗎？」

顧熠瞪她一眼，一臉「孺子不可教」的表情：「妳不想跟著，就去找個地方休息。」落下句狠話，負手而去。

顧熠要是不說這話，蘇漾還真的想找個地方偷懶，但他都這麼說了，以蘇漾的反骨，怎麼可能就這麼走了，被他看扁？

忍著腳上的痛，蘇漾咬著牙跟著他走。

從九點多一直轉到近十一點，一個多小時，一直在坑坑窪窪的工地上打轉，到處是凸出又尖銳的石子，踩得蘇漾腳底都開始痛了。

沿著皮鞋的鞋口，蘇漾的腳上磨出好幾個水泡，尤其是腳後跟，水泡磨破了，傷口滲出血來，每走一步，疼痛就從腳底傳到頭頂，腳步也不禁一瘸一拐，卻還是咬牙撐著。

起初是為了和顧熠賭一口氣，後來真的開始工作了，才有幾分不一樣的感覺。

顧熠對於工程的每一環節都非常了解，和專案的工程師、經理、監理，甚至是工頭都十分熟悉，對於工程的每一個進度也都掌握在手裡。明明已經是闖出名號的青年設計師，對於專案的認真程度，卻好像新鮮人一樣。

就像他說的，蘇漾對於建築設計師的了解，確實是「紙上談兵」，這並非貶抑，而是業界大部分建築師都是如此。他們只需要用紙筆和軟體來設計建築，其餘的步驟有他人負責，各司其職，這並沒有什麼不對。

久而久之，就變成理所當然的事。至於顧熠說的那一套「嚴謹」，在蘇漾看來，也挺固執又沒必要。

而今天，她突然有一些改觀。

從顧熠的工作態度，她感覺到作為「建築設計師」的使命——真正的用心設計。

顧熠一進入工作狀態，就變得嚴肅無情，六親不認。

建築設計是嚴謹且枯燥的工作，並不像電影或者小說裡描述的那樣，整天穿著風衣，到處轉一轉找靈感，然後回到工作室就能刷刷畫出來。

所有的設計都要精準到每一個細節，真正從需求出發。

他不喜歡懶散的人，因為他沒有時間去糾正別人的觀念，也不願意浪費這個時間。

一個多小時過去，忙完一切，顧熠才想起自己還帶了蘇漾。

他猛一回頭，很驚訝地發現，她居然沒有去休息，而是一直跟著他。

她的打扮和髒兮兮的工地格格不入，米白色的連身裙，配上一雙紅色的小皮鞋，本該是時尚又俏皮的模樣，此刻卻灰頭土臉，如同一隻流浪狗。

她臉上熱得通紅，額頭上的頭髮都濡溼了，垂了下來，像做完蒸氣浴一樣。此刻，她一瘸一拐地走在他後方不遠處，走幾步就去弄一弄她的鞋。見顧熠停下來看著她，趕緊加快腳步，跟了上來。

「顧工，還要去哪裡？」

顧熠低頭看了一下她的腳，白皙的腳背，邊緣有幾處紅腫和若隱若現的水泡，腳後跟的傷口最明顯，已經有一半滲血的傷口露了出來。

顧熠有些意外，一開始吵到不行的蘇漾，後來居然一路跟了上來，沒抱怨，也沒叫苦。

顧熠微微蹙眉。

「下工地不要穿裙子和皮鞋。」

蘇漾痛得齜牙咧嘴，卻只是笑了笑：「以後在公司放一套休閒服，隨時可以下工地。」

顧熠悶聲沒有再回答，環顧四周，最後指了指一處工棚。

「我和人說一聲，妳去休息一下。」想了想工地那些工棚的環境，顧熠又補了一句，「可能會有些簡陋，妳別抱怨。」

蘇漾咬了咬唇，嘴裡憋出兩個字：「謝謝。」

工人們對顧熠的到來很是歡迎，顧熠說明來意，他們便很熱情地幫蘇漾拿了一張椅子。髒亂的工棚裡，充斥著汗臭味，壓抑的空氣，悶熱的彩鋼材質，對於剛出校門，嬌滴滴的城市女孩來說，確實有些不適應。

但蘇漾倒是沒有表現出什麼不對勁的表情，還主動和帶著鄉音的移工聊天，不亦樂乎。

「我出去一下。」顧熠說，「妳在這裡等我。」

「噢。」蘇漾點了點頭。

顧熠剛要離開，又回過頭來看了蘇漾一眼，語氣緩和許多，低聲問她：「妳肚子餓不餓？我幫妳帶點吃的？」

蘇漾揮了揮手：「不用了，這麼熱，吃不下。」

顧熠在販賣部買了兩瓶水，想了想，又走到工地對面社區一樓的店面，找了家藥局，買了點藥水和ＯＫ繃。

回來的路上，顧熠總覺得手上的東西灼灼發燙，那種感覺真的很奇怪。

腦中不由閃過林鋮鈞的話，開始有些認同。

一男一女長期在一起工作，好像確實不太好。

走回工棚，蘇漾卻已經不在裡面了。

隨手抓了一個移工問道：「剛才那個穿白裙子的女孩去哪裡了？」

移工笑容樸實，善良地指路：「她跟著燒飯阿姨去廚房了。」踩著不平的石子路，顧熠找到了工地的廚房，環境簡陋，露天灶臺，遠遠就能聽見炒菜劈里啪啦的聲音，一股油煙在房子後面裊裊升起。

蘇漾正抱著一塊蔥油餅在啃。

那麼大的灰沙她也不嫌棄，邊吃邊和燒飯的阿姨聊天，完全沒有年齡代溝和方言障礙。她吃得正開心，一抬頭，看見顧熠來了，立刻歡喜地走到顧熠身邊，遞上她啃了一半，油膩得顧熠都忍不住皺眉的蔥油餅。

「阿姨手藝真的太好了，分你一半？」

顧熠敬謝不敏。

蘇漾也不堅持，又拿回去繼續啃，她臉上黏了一粒蔥段，嚼得非常香，嘴上還含含糊糊地說：「這時候要是再有杯綠豆湯，那就太完美了！」

顧熠盯著她臉上那粒隨著她咀嚼上下滾動的蔥。

心想，剛才真是多慮了，他完全把持得住。

工地上時時塵土飛揚，再加上太陽炙烤，蘇漾本來真的沒什麼胃口，但是燒飯阿姨手藝太好，蔥油餅煎得讓人垂涎欲滴，實在難以把持。顧熠趕著回事務所，害蘇漾最後那幾口囫囫圇吞下肚，沒有好好品嚐那美妙的滋味，真是遺憾。

擦乾淨手臉，坐在副駕駛座上，蘇漾主動扣上安全帶，剛準備閉目休息，就聽見一陣塑膠袋窸窸窣窣的聲音。

顧熠毫不溫柔地把一個裝著藥水和ＯＫ繃的袋子扔在蘇漾身上。

蘇漾沒有動，只是愣愣地低頭看了一眼，有些詫異。

「給我的？」方才她就注意到顧熠買了這些，卻沒想到是為她買的。

顧熠沒有轉頭，依然目視前方，許久，才用他慣常的刻薄語氣說：「本來能力就差，還一瘸一拐的，太扯後腿。」

要是平時，蘇漾一定會忍不住嗆回去。可是此刻聽他這麼說，她也不知道該回答什麼，只是隱隱覺得顧熠有點不對勁。

傷口沒有消毒不好塗藥，蘇漾見顧熠一直看著她，只好先隨便撕了兩個ＯＫ繃把傷口貼住，應付過去，畢竟這雙鞋還要穿回去，磨一整天真是受不了。

蘇漾想對顧熠說聲「謝謝」，可是平常實在太針鋒相對，這話有些說不出口，猶豫了半天，剛動了動嘴唇，就被顧熠搶先。

「不用謝。」話音一落，顧熠就直接發動車子，完全不給蘇漾機會繼續這個話題。

這人可真是……

回到事務所，從大廳進入電梯，顧熠一句話都沒說。

兩人一起站在密閉的電梯裡，四周的金屬牆面如鏡，蘇漾從中看到自己，也看到目不斜視、直立如松的顧熠。

他身材挺拔，寬肩窄腰，難得不是男人常見的五五身，隨便穿件休閒服也顯得氣質清雋。想到他為自己買的藥水和ＯＫ繃，蘇漾覺得他似乎也挺有人情味的。

握起雙拳，蘇漾悄悄往他靠近了一步，鼓起勇氣說：「顧工，我有件事想和你說。」

顧熠聽見聲音，側頭瞥了她一眼：「什麼？」

「就是，我在李工組也鍛鍊一陣子了，還是想做設計……」怕顧熠開啟嘲諷模式，蘇漾趕緊解釋，「也不是說要你用我的方案，只是，都在建築事務所裡實習了，總不能一直打雜跑腿……哪怕只是讓我參與也可以……」

說完，試探性地看了看顧熠，腦中想像著他諷刺她不自量力的一萬種方式。

五秒……十秒……三十秒後，預想中殘酷的嘲諷沒有出現，顧熠在電梯門打開的一瞬間，破天荒地說了一句。

「那就試試吧。」

五個字，宛如天籟。

蘇漾興奮得恨不得抓著顧熠的手轉圈圈，卻被他駭人的目光嚇退。

不管怎麼說，蘇漾決定了，顧熠從今天起，就是她的新男神啦！

公共建設大多由小型事務所做，小型事務所團隊精幹，效率高。其中大型的專案，比如這類超高樓的設計，都是明星事務所做前期概念方案，然後由超級大院配合做後期施工圖。在國內，概念方案這一塊還是相對落後，大型專案基本上都被國外的團隊瓜分，少數留給國內團隊的，也都是有海外背景的知名建築設計師事務所，這與國際觀和技術含量有關。

顧熠因為海外背景以及在國際業界的成就，一直是這個領域的先驅，所以國內一些公共建設大型專案，都基於「肥水不落外人田」的想法而到了Gamma手上，當然，顧熠也從來沒有讓人失望過。

最近顧熠組裡最重要的項目，是「滄海灣之星」，一個位於南島的超高樓會議中心。

南島擁有充滿詩意的金色海岸線，島內山巒起伏，四季宜人，尤其冬季，是國人南徙避寒的度假勝地。專案的開發願景，是為南島規劃設計一個新韻的海濱度假勝地、一個世界級的會議及展覽中心，要求集合國際標準的會議設施、配套飯店房間、飯店式公寓以及海濱度假別墅，真正符合南島的特色。

蘇漾從來沒有去過南島，只在購物網站上買過南島特產的水果，貴妃芒果、菠蘿蜜之類的，對南島印象很好。一個有美味食物的地方，一定是很棒的地方。

接下來的幾天，大家都專注於滄海灣之星的方案，其中也包括蘇漾。雖然她的方案，對顧熠來說，只是隨便看看的，但她還是非常認真地寫了設計概念，出了概念草圖。

按照顧熠的要求，大家將自己的設計方案和概念草圖都交給了他。在開第一次概念會議之前，他要先篩選。

三天過去，所有交了概念方案的人都得到回應，落選的方案也收到顧熠的郵件回覆，簡單地評論問題所在。

蘇漾覺得自己的郵件信箱可能出了問題，因為所有人都收到了回覆，唯獨她，每天重新整理收件匣八百遍，就是什麼都沒有。

蘇漾思前想後，決定以泡咖啡拍馬屁的方式，去顧熠那裡打聽打聽。她端著咖啡走進顧熠辦公室，他正忙著工作，電話一個接一個，只是隨手指揮她放下。

她當然沒有出去，而是認真打量起顧熠的辦公室。

他的辦公室很寬敞，附帶會議室，辦公室正中央的大桌上，擺著一個超高樓的模型，那是顧熠二十四歲的成名作，位於澳國的一座地標性建築。

當年他與全世界知名的建築師競標，最終拿下專案，一舉成名。

圍著建築模型轉了一圈，充分觀摩之後，蘇漾輕嘆了一口氣。

身後突然傳來顧熠幽幽的聲音：「嘆氣？」

蘇漾怕顧熠誤會，趕緊擺手：「沒有沒有，我只是驚嘆做得太好了。」

顧熠淡淡瞥了她一眼，回座位繼續工作。

蘇漾趕緊狗腿地跟過去，扭捏半天，才小聲問了一句：「顧工，滄海灣之星，別人都收到回覆了。」

顧熠頭也不抬：「嗯。」

「那……」蘇漾又說，「你是不是忘了我？」說完又補一句，「我做得真的非常認真。」

「妳的，不採用。」

顧熠的聲音冷冷的，雖然這個結果讓蘇漾有些失望，但也在意料之中。

「我看別人不採用都有收到回覆郵件，我也想知道我的問題所在。」

「沒必要。」

「為什麼？」

顧熠說：「我不想浪費時間。」

顧熠這話一說，蘇漾終於感覺受到侮辱。

回個郵件，也就十幾個字，能浪費多少時間？

蘇漾用詞還是很克制：「回個郵件，也沒有多費時吧？你是不是忘記看我的方案了？」

顧熠見她耍起小脾氣，冷冷一笑：「我確實不想看。」

「你……」蘇漾想想這幾天的忐忑不安，越想越委屈，整個人都開始發抖，「你做新人的時候，你的師傅是這麼對你的嗎？打壓新人是君子所為？」

顧熠彷彿聽見了什麼天大的笑話一樣，眼角眉梢盡是嘲諷。

他從桌角的一堆方案圖裡，拿出三四張，一起遞給蘇漾。

「這些都不採用。」顧熠看了她一眼，眼神帶著幾分挖苦，「但我回了郵件。」

在顧熠的淡淡嗤笑中，蘇漾低著頭，一張一張認真地看完別人的作品。

真是越看越覺得羞愧，比起別人的方案，她的設計簡直像是來亂的。

這些優秀的設計，居然都不採用。那能參與PK的，該有多優秀？

蘇漾捏著別人的設計圖，手心出了層薄汗，臉上露出幾分尷尬的神色。

不等蘇漾準備好措詞，顧熠已經不耐煩地打斷。

「出去吧。」顧熠見目的已經達成，也沒耐心和她繼續糾纏。直接將那一堆設計圖的最後一張抽出來，遞給蘇漾，那是她的設計圖。

顧熠意味深長地看了她一眼，半晌揶揄道：「喏，妳的垃圾，妳自己回收，環保。」

呵呵，新男神，隕落。

在建築設計上，顧熠可以說是吹毛求疵到了極點。

他絕不允許敷衍的作品送到甲方眼前。

放眼整個 Gamma 設計部，幾乎人人都被他刻薄嚴厲的話打擊過，堪稱是設計部的常態。

正因為他百分之兩百的超高要求，Gamma 的作品才能一直保持超高的水準。

對下屬的批評，他從來不會放在心上，因為每天都要來好幾回，對好幾個人，每個都記住，未免太累。

做完手頭上的工作已經下午兩點半，顧熠終於有時間吃飯。

事務所的員工餐廳每天兩點就收工，顧熠想了想，拿起錢包，準備去外面的商店街找點吃的填肚子。

蘇漾從小到大，靠著點小聰明，從來沒有被當過，也沒有落過榜，可算順風順水。

她不得不承認，自己受挫能力真的很差。

雖然她的作品確實不盡如人意，但是顧熠的話也未免太狠了。

拿回概念草圖，蘇漾一整個上午都有些心不在焉，什麼都看不進去，腦中不斷迴盪著顧熠的「字字珠璣」，越想越難受。

下午兩點多，蘇漾肚子餓得咕嚕直叫，路過的同事提醒她，她才想到自己沒有去吃飯。不過事務所的員工餐廳收工了，於是蘇漾一個人遊魂一般來到附近的商店街，隨便點了一碗蘭州拉麵。

不是用餐時間，沒什麼人來用餐，空空的店面裡，蘇漾隨便找了個座位坐下。

大腦還有些空白，精神也無法集中，被批評之後，蘇漾一直覺得整個人有些恍惚，垂頭喪氣地坐在那裡，臉色大概也好看不到哪裡去。

蘇漾正在發呆，對面突然坐下一個人。

店裡又沒人，明明可以隨便坐，這人也真是不會看臉色，偏偏坐在蘇漾對面，此刻，她真的只想自己一個人靜一靜。

她猛一抬頭，害她變成這樣的罪魁禍首，居然就大剌剌坐在她對面，還是那副跩得二五八萬的樣子。

難道他看不出來她此刻不想應付他嗎？

顧熠不愛吃麵，他也不知道自己為什麼會走進來。

路過這家小小的店面，看見裡面有個垂頭喪氣的背影，和平日囂張沒腦子的樣子判若兩人。那一刻，身體先於腦子，等他反應過來，自己已經坐在了她對面，還真有幾分鬼使神差。

兩人尷尬地面對面，誰也沒有先說話。

顧熠從認識這個女孩起，就沒有見過她超過五分鐘不說話，除了睡著以外。不得不說，他還真的有點不習慣。

拉麵店的老闆不懂他們之間的暗潮洶湧，只是將熱騰騰的拉麵端了上去，放在蘇漾面前。裊裊的熱氣升騰，模糊了她秀麗的臉龐，此刻的她因為沮喪沒什麼生氣，那雙小狐狸一樣狡黠的眼睛，也沒了平日的神采。

顧熠從來不會因為批評了誰而後悔，但他此刻居然在反省，對一個還沒出校門、二十出頭的女孩，他說得是不是有些太過分了？

見他一直盯著自己，蘇漾把頭低了下去。

拉麵的熱氣帶著潮溼的水氣，很快就熏得她紅了眼眶。

她低垂著頭，緊咬下唇，眼淚毫無徵兆地一顆一顆掉了下來。

從來沒有女人在顧熠面前哭過，他對於這種場面完全沒有經驗，甚至有幾分手足無措。

「妳……」顧熠有些慌亂，緊蹙著眉心，說道，「有必要嗎？」

顧熠越說，她眼淚流得越快。她瞪了顧熠一眼，眼眶又溼又紅，隨手擦掉眼淚，粗魯地吸了吸鼻子。

「和你無關，你少往自己臉上貼金。」

顧熠沉默了片刻。他真的很不擅長處理這種場面。

「妳是小孩子嗎？」他皺眉，頓了頓，「別哭了。」

「我委屈不行嗎？」蘇漾咬著下脣，倔強地不肯承認是因為顧熠哭，「我不吃香菜，老闆還放這麼多。」

第五章　空心磚

蘇漾也不知道自己是怎麼了，看什麼都覺得很難受，本來還可以承受，結果顧熠一來，心裡的委屈就完全控制不住了。

明明她不是愛哭的人，神經更是一點都不細。

擦掉了眼淚，吸了吸鼻子，蘇漾假裝什麼都沒有發生過。

她不說話，兩人就這麼尷尬地面面相對。

空氣中飄著蘭州拉麵特有的香氣，夾雜著香菜的味道，蘇漾低頭看了一眼綠油油的麵，皺了皺眉。

蘇漾也沒有亂說，她確實很討厭吃香菜，覺得香菜完全是黑暗料理，但是說起來也怪自己，當時她失魂落魄地走進店裡，隨便指了指牆上的餐點名稱，也忘了提醒老闆，她不吃香菜。這下子麵都端上桌了，不吃會餓，吃又吃不下去。

顧熠問她：「一點香菜都不吃？」

蘇漾點了點頭。

就在這時，老闆一臉熱情地將顧熠點的拉麵端了出來，穩穩放在桌上。

他那一碗，牛骨湯頭熬得濃郁，香氣四溢，黃色的麵條上只鋪著幾片牛肉，沒有香菜，蘇漾不由自主嚥了一口口水。

蘇漾看著顧熠，想說他都那麼問了，應該會和她交換吧？畢竟也是他害她哭的，就算她沒承認，他心裡也有數吧？

顧熠糾結地看了蘇漾一眼，從筷子筒裡拿出一雙筷子，「我這碗沒有香菜。」還不等蘇漾露出期待的表情，他又說，「但是我也不吃香菜。」

說完，他從辣油旁拿了個小碟子，然後用筷子把蘇漾碗裡的香菜一點一點夾到碟子裡。

沒多久，蘇漾碗裡沒有香菜了，只剩下一點香菜的氣味，留在麵條和牛肉片上。

做完這些動作，顧熠又從筷子筒裡重新拿出一雙筷子，而那雙夾過香菜的筷子，被他放得老遠。

「這樣行了吧？」顧熠很客氣地說，「吃吧，再放麵就爛了。」

「……」

蘇漾全程看著顧熠，再看看面前小碟子裡堆滿的香菜，只覺得嘆為觀止。

這世界上居然還有這樣的男人？

她忍不住納悶，顧熠這種人，怎麼可能交得到女朋友？

絕對是注定孤獨一生好嗎！

下班回到宿舍，憋了一肚子氣的蘇漾忍不住和石媛抱怨顧熠的劣跡斑斑。

自從開始實習到現在，石媛已經習慣了每天下班回寢室，蘇漾那完全不重複的花式吐槽。

石媛洗完臉，拿了一張面膜敷在臉上，從陽臺的洗臉檯走進寢室。

「不過，我說妳也別把大BOSS惹火了。」石媛說，「學校下下週要收第一期的實習評估表，占這學期百分之五十的平時成績，妳的小命還握在別人手裡呢。」

蘇漾吐槽顧熠吐槽得正起勁，忽然被提醒一句，完全一頭霧水。

「占百分之五十？實習不是不影響平時成績嗎？我問過學長啊？」

石媛敷著面膜，臉部表情不能太大，但是蘇漾這個問題還是驚得她下巴差點掉下來：「我們這一屆改了，妳別說妳不知道。學生手冊都不看的嗎？群組訊息也不看？教授在群組裡說了，下下週要收第一期的實習評估表。提醒大家找公司簽字蓋章打分數。」

「還要打分數？不是只蓋個章嗎？」

「一直要打分數啊。」石媛說，「不過一般來說，實習單位都打得很高，通常是九十、一百分，誰會為難實習生啊？」

蘇漾完全沒想到這件事，只覺得噩耗降臨：「那我玩蛋了，我實習的公司很不一般啊。」

石媛想到蘇漾實習以來的遭遇，忍不住同情地拍拍她肩膀：「朋友，社會不好混啊。」

曾幾何時，蘇漾覺得自己一輩子都不會改變，然而，剛剛開始工作，她就發現自己這想法有多天真。

人在屋簷下，不得不低頭。不管蘇漾曾經多麼有個性，工作以後，都必須學會磨平自己的稜角。

所以接下來幾天，她都過得十分小心翼翼。不敢沒大沒小，也絕不招惹顧熠。不管她心裡對顧熠有多麼不滿，都憋著不表現出來。

趁著送咖啡給顧熠的機會，蘇漾旁敲側擊了一番：「顧工，那個……前幾天我跟你說的實習評估表，你簽字了嗎？」

蘇漾不知道顧熠會為她打多少分，忐忑地扭著自己的手指。

顧熠低頭畫著圖，對蘇漾的問話置若罔聞。

「顧工？」

顧熠皺了皺眉：「沒打分數。」

蘇漾被他的回答嚇了一跳，倒抽一口氣，努力鎮定地問：「那……為什麼呢？」

顧熠手上握著筆，頓了頓，抬起頭與蘇漾對視，古井無波的眼神還是慣常的冷然。

「妳現在還只有五十九分，最後一分，視妳的下一個專案而定。」

蘇漾沒想到顧熠是這麼安排的，不經意問了一句：「我還有下一個專案？」

顧熠揶揄一笑：「怎麼，妳不想有？」

蘇漾趕緊擺手，「我不是這個意思。」斟酌著用詞，又說，「我想有下一個專案，但是……希望不要和實習成績掛鉤……」

顧熠抬眸看了蘇漾一眼，嘴角微微一勾。

「很抱歉，在我這裡，想得到一定要先付出，想及格一定要做出成績。」

蘇漾看著顧熠那副不近人情的模樣，忍不住說了一句：「……顧工，我畢竟是學生，又是女生……」

顧熠聽到這話，微微蹙眉，對她的話頗有微詞，「想在社會上混，最好腳踏實地，那種骯髒交易的招數，不會長久。」顧熠一臉不悅，「還有，不是妳想送上門，我就會收？我也有我的品味。」

什麼鬼……

顧熠這人是不是腦子有洞？怎麼整天覺得她要送上門，她瘋了嗎？要送上門也不會送給他啊！

蘇漾嘴角抽了抽，解釋道：「我是說，你能不能手下留情，這關乎我的畢業證書。」

「嗯。」顧熠這麼誤會人，臉上卻一絲歉意都沒有，只是揮了揮手，「出去吧。」

蘇漾：「……」

快下班的時候，李工來顧熠辦公室送文件，路過蘇漾的座位，邀請她晚上和組裡的人一起去聚餐吃燒烤。

蘇漾最近在顧熠手下工作，一直有點悶悶不樂，好不容易可以和其他同事聚一聚，自然是欣然前往。

五顏六色的塑膠大棚，三張方桌併成一張可以圍坐六七人的大桌，這家以海鮮燒烤聞名的排檔生意火熱，座無虛席。絡繹不絕的客人來來去去，老闆手腳俐落地招呼著，帶著客人選那些活蹦亂跳的海鮮，品種之多，光是聞著香味，就忍不住食指大動。

本來希望這次聚餐可以放鬆一下，她萬萬沒想到，李工居然也邀請了顧熠那個讓人倒胃口的傢伙。分配座位的時候，大家都不想坐顧熠旁邊，最後剩下蘇漾，身為他組裡的人，自然是義不容辭地坐他旁邊。

犧牲小我，成全大家。

蘇漾有口難言。

因為顧熠在，大家都很拘謹。平時百無禁忌的話題也變得正經八百。大家居然在聊倫敦襲擊、韓國薩德，蘇漾乍聽之下，還以為自己在看新聞節目。

秉持著「多說多錯，不說不錯」的原則，蘇漾沒有加入談話，而是低頭專心吃燒烤。螃蟹蝦子，蛤蜊扇貝，在鐵板上烤得滋滋作響，空氣中是油煙和海味的融合。老闆一送上烤好的海鮮，大家的筷子就蠢蠢欲動，經過一番你來我往的假客氣後，很快就露出吃貨本色，沒多久就清乾淨了。

蘇漾看著李工組那些可愛的同事，感慨道，這才是正常的工作環境啊！

⌂

顧熠很少參加同事聚餐，沒有時間，也沒有興趣。

和李樹開完會，李樹收拾東西準備離開。臨走前問他一句：「等一下要和組裡的年輕人去喝酒，一起嗎？」

顧熠搖頭：「不用了。」

「偶爾也放縱一下，你不覺得你活得像一臺機器嗎？」

因為李樹這句話，他也跟著一起去了。

他們是最後到的，顧熠到了大排檔才發現李樹還叫了蘇漾。

在一票大男人裡，她那白瘦的身影格外顯眼。

在大家的推讓下，她最後被安排坐在他身邊，帶著一臉心不甘情不願。大排檔桌子小，凳子都放得很近。她平日看起來不矮，走近了才發現，原來她的頭頂才到他下巴。

兩人幾乎是並肩坐在一起，距離很近，他甚至可以聞到她身上不知是洗髮精還是香水的味道，淡淡的香氣，讓人覺得很舒緩。

她一直埋頭吃東西，食量很大，完全不輸這一票大男人，吃相還算秀氣，安安靜靜地吃，也不說話。

啤酒送上桌，大家很快就分得乾乾淨淨。

「要不要來一瓶啊，小蘇？」李樹也遞了一瓶酒給蘇漾。

前一刻，她還看了顧熠一眼，有所顧忌，小家碧玉地揮了揮手，客客氣氣地說：「不喝不喝，我一個女孩子，喝什麼酒？」

下一刻，她已豪爽地和眾人划拳喝酒，毫無顧忌，又加了好幾杯酒，竟然喝倒了一片。

她醉醺醺地大放厥詞：「容我不要臉地說一句，和我比喝酒，在座的各位，基本上都是垃圾。」

顧熠皺著眉，看著身旁這個喝倒一片的酒鬼。好幾次她坐不穩要靠過來，他都第一時間把她推開。

這個小丫頭，竟有兩副面孔。

酒足飯飽，終於散場。

李樹喝得不多，還算清醒，此刻看著滿桌狼藉，無奈地搖頭，開始一個個幫他們叫車，送他們回家。

蘇漾雖然酒量很好，但是一個人喝倒那麼多人，不醉才奇怪。

顧熠結完帳，看著趴在桌上的蘇漾，想了想，還是去把她扶了起來。

他的手剛一碰到她，她就不耐煩地一巴掌打在他手臂上。

「別碰我。」

顧熠並不是很有耐心的人，立刻放手走人。

然而他剛一起身，就感覺兩隻纖瘦白皙的手臂，一把圈住他的手臂。她霸道地說：「只能我碰你。」

這種親暱的接觸，讓顧熠的身體忍不住一緊。

顧熠低頭，皺眉看著歪歪斜斜倒在自己身上的蘇漾。

她仰著頭，醉眼迷離地看著顧熠，說：「我一個人喝趴了所有人，是不是酷斃了？」

不等顧熠回答，她就用她纖細的手指一下一下戳他胸口，不爽地說：「我這麼厲害，你還敢讓我不及格？」

她說完，突然哈哈大笑起來，然後不知是不是瘋累了，直接趴到顧熠懷裡，一動不動。

她的手緊緊抓著顧熠的襯衫領口，手指冰涼，碰觸到他的鎖骨，那種冷與熱的觸碰，讓顧熠意識到，自己的體溫竟然升高了一些。

顧熠蹙眉。

「給我放手，一身酒氣，臭死了。」

喝醉的蘇漾膽子很大，彷彿沒聽見顧熠說什麼，而是找了個更舒服的姿勢靠著。

顧熠覺得有個女人黏在身上的感覺實在太奇怪，幾乎是本能地將她推開。

蘇漾被他推開，搖搖晃晃地站了幾秒，顧熠一個不察，她立刻又黏了上去。

她抱著顧熠的手臂，身上好像沒骨頭一樣，一路下滑，最後直接坐在顧熠腳上，抱著顧熠的小腿，以熊貓抱的姿勢耍賴。

「顧工……讓我及格吧……」她演戲一樣，語氣淒苦，「來世你做牛做馬，我都餵你！」

顧熠粗魯地把蘇漾丟到車後座，她完全沒有醒來的意思，整個人直接癱倒在後座，呈大字形。

他氣急敗壞地指著不省人事的蘇漾，幾乎是咬牙切齒地說：「妳最好是醉死了，妳要是裝醉，就死定了。」

回到駕駛座上，顧熠扣安全帶扣得鏗鏘有力。

李樹已經坐上副駕駛座，他剛把喝醉的幾個人送走，也累得快趴下，正想閉目養神，卻被顧熠這麼一吵，他也不好休息了。

「怎麼總和小孩子嘔氣？」李樹認識顧熠多年，覺得他最近有些奇怪，「何必呢？年輕人活潑好動一點是天性。」

顧熠不說話，只是逕自發動車子，往城東老城改造專案的方向開去。

他清楚記得蘇漾是住在那一帶，想忘都忘不掉，當然，這都是拜某人所賜。

顧熠的車開得平穩，蘇漾在後座橫躺，睡得香甜，完全旁若無人。

李樹從後照鏡看了看毫無形象的蘇漾一眼，忍俊不禁，對顧熠說：「對女孩子不用那麼嚴厲。」

就在這時，蘇漾也不知道夢到了什麼，在夢裡叫著顧熠的名字。

「顧熠……顧熠……臭王八蛋……」

李樹沒想到蘇漾會來這麼一句，噗嗤一聲笑了出來。

顧熠臉色鐵青，沒有說話。

李樹輕咳兩聲清了清喉嚨，很認真地說：「其實你也不用太認真地培養她。這行能堅持下來的年輕女孩不多，以後她八成會轉行，何必害人家拿不到畢業證書？無怨無仇的。」

顧熠沒說話，依然緊抿著嘴唇，腦中閃過她為滄海灣之星做的概念方案。

「沖上雲霄的超高樓，以夢的名義，看看天上的樣子——展望者。」

設計取材自南島的奇石，一塊經過海風和海浪洗禮，被大自然雕琢得酷似人面的信徒石，然後以「潮起潮落」為概念，規劃專案其他的功能和配套。

真正點到了她「展望者」的主題，信徒乘風破浪，展望天空。

她的設計和事務所裡其他設計師都不一樣，充滿了人文情懷，不僅僅是從形狀、元素出發，不只是追逐前衛，更尊重當地的文化。也許是男人和女人思考的方式不同，她更感性，從文案到設計，都非常人性化。

這在傾向突出個性的設計部，甚至是做出很多概念無法實施的建築師團隊裡，實在少見。

設計本身，自然不值得一提，她目前的技巧水準還不足以充分地表達她心裡所想的一切。

但是顧熠以為，設計技巧上的不足，是可以後期培養的。

顧熠的手握著方向盤，對於李樹的建議，他回應道：「我會繼續觀望一陣子，如果她確實不是我想得那樣，那我知道該怎麼做。」

李樹被他話裡的深意嚇了一跳，半晌，意味深長地看著他。

「你已經很多年沒有這麼在意一個人了。」李樹的聲音不大，但是字字都很有分量，「是因為這孩子的能力，還是別的？」

顧熠皺了皺眉：「我不是公私不分的人。」

李樹立刻抓住他的語病，問道：「所以還真有私心？」

顧熠意識到上了李樹的當，說不過他，轉過頭來，冷冷睨著他，那目光，逼得李樹高舉雙手：「好了好了，不打探你的私事，總行了吧？」

「我和她沒什麼私事。」

「是是是，你說什麼就是什麼吧？」

「……」

沒多久，經過李樹家社區，在李樹的要求下，顧熠只好停車。

對於他臨陣脫逃的行為，顧熠十分不齒：「你好歹跟我一起把她送回去吧？」

李樹嬉皮笑臉地耍賴：「你一個單身漢去送就行了，我要回家抱孩子了。」

顧熠：「……」

李樹走後，只剩下顧熠和蘇漾兩人。整個車廂裡充斥著蘇漾身上難聞的酒臭味，顧熠幾乎是一路皺著眉開到城東舊城。他剛一停車，蘇漾就不舒服地嚶嚀了幾聲。

顧熠毫不憐惜地把她拍醒。蘇漾忽然被吵醒，臉上還一陣刺痛，整個人痛苦地靠在顧熠身上，半夢半醒地悶哼著。

走向她家的路上，蘇漾一直低聲囈語，也不知她迷迷糊糊夢到了什麼，突然把頭轉向顧熠，睜著混沌的眼睛說：「你知道什麼是人生嗎？」

顧熠嫌棄地推著她的腦袋，毫不文藝地接了一句：「妳要是吐我身上，我就直接把妳丟路邊。」

「……」

蘇漾雖然醉了，對自己的家還是很熟悉，憑著本能指路，兩人沒多久就到了。

顧熠一路上半扛半抱著蘇漾，累得出了一身汗。

一到她家門口，就直接把她丟在臺階上，毫不憐香惜玉。

本來顧熠把蘇漾丟下就打算走了，但他卻意外地被蘇漾的家吸引而駐足。他第一次注意到這處鬧中取靜的院落。

帶著徽派建築的特徵，以磚、木、石為原料，以木構架為主。

繞著院落看了一圈，就著路燈和月光，隱約能看到正屋兩頭的正吻，竟然是用鰲魚元素。傳說漢武帝造「柏梁殿」遭火殃，方士道：「南海有魚虯，水之精，激浪降雨，作殿吻，以鎮火殃。」這院落木構架為主，比磚石構架懼火，所以正吻用上鰲魚，不僅美觀，更顯出設計師的考究。

院落坐北朝南，因為N城市內沒有山，所以設計師取了個巧思，倚靠一條老路，尋山路，和上了「依山」；同時面朝路前的一條不影響走路的窄小清渠，算是「傍水」。

顧熠摸了摸下巴，嘴角忍不住勾起。

有意思，這一片即將拆除的老城區，居然還有這樣的房子。

顧熠正想繼續參觀，院落的門突然打開。

一個短鬈髮的中年女人探頭出來，先是震驚地看了一眼睡在地上一動不動的蘇漾，再看一眼「鬼鬼祟祟」繞著房子打轉的顧熠，立刻警覺起來，一轉身，從院裡拿出一根掃院子的大竹掃把。

還不等顧熠反應過來，中年女人手中的竹掃把已經打在顧熠身上。

一下兩下，毫不客氣。

「鬼鬼祟祟，想偷東西是不是？穿得人模人樣的，怎麼不知道學好？」那中年女人的戰鬥力真不是蓋的，每一下都用盡洪荒之力，「你竟敢欺負我們家女兒，打死你，打死你！」

從中年女人話中透露的訊息，顧熠不難猜出，這女人就是蘇漾的媽媽。

真是有其母必有其女。

顧熠覺得他和城東舊城區可能有點八字犯沖，只要來這邊一定會挨打。

上次被打，這次又被打。

一個老阿姨，他一個大男人不好還手，只能一邊用手護著頭一邊亂竄，同時解釋道：「阿姨，阿姨，我不是小偷，也沒欺負妳女兒！她只是喝醉睡著了，不是昏過去！」

「蘇漾！姓蘇的！」顧熠著急地喊著蘇漾，「妳趕快醒醒！跟妳媽解釋！」

毫無形象可言，哪裡還有平時淡定冷酷的樣子，幾乎淪為小丑。

蘇漾已經有一陣子沒喝酒了，其實今晚喝得也不多，居然就醉了，看來不管是什麼神技，一段時間不施展，都會倒退。

酒精上頭，整個人都有些暈沉沉的，也不知道是怎麼從大排檔回到家的，一路上她做了很多夢，一環扣一環，太多了，自己也記不清楚。

本來睡得正香，耳邊卻突然吵得要命，硬是把她從香甜的夢裡拉了出來。

她迷迷糊糊地睜開眼睛，還有些半夢半醒，居然看見有兩個人在她面前打架。

哦不，不是打架，是蘇媽單方面拿著竹掃把暴打顧熠。顧熠是個學歷高，又在國外受過紳士教育的男人，完全沒有還手，只是上竄下跳地四處躲藏。

那個畫面，蘇漾實在不知道該怎麼形容，只想笑。

蘇媽用竹掃把打了還不夠，又一聲口哨，把一直跟在她身後，狂吠助陣的老爺叫了過來。

蘇漾終於澈底清醒了。

蘇媽出招快狠準，也不等蘇漾阻止，已經對老爺下達命令。

「老爺，上！」

老爺這小笨狗，也不知道怎麼回事，剛才還耀武揚威叫得超大聲，結果走近顧熠以後，反而不叫了，圍著他轉了一圈，歡喜地搖著尾巴，居然一副很喜歡的樣子。

顧熠抱著頭，正要用腳推開老爺，就看見老爺毫不猶豫地，對著顧熠的褲管翹起一條腿。尿了……

看著眼前雞飛狗跳的畫面，蘇漾用了零點零幾秒的時間考慮。

這個時候「醒來」絕對不算明智。

於是她趕緊閉上眼睛，以醉鬼的姿態癱倒在臺階上。

她醉了，沒問題。

這一切，都和她無關，絕對不是出於她的本意……

宿醉真可怕，蘇漾早上起來，頭痛欲裂，簡直和快死了一樣痛苦。

更讓她痛苦的是，她不知道該怎麼面對顧熠這尊大佛。

昨晚要不是顧熠最後急中生智，把他的名片拿出來，蘇媽看到 Gamma 上的名字，確定顧熠真的是蘇漾的上司，否則還真不知道該什麼收場。

蘇媽和老爺闖了禍，黑鍋卻要她來背，哎，有這麼扯後腿的家人，蘇漾也不容易。

想像了一萬種顧熠故意找碴的方式，蘇漾只覺得不寒而慄。

躡手躡腳地進了辦公室，蘇漾努力降低自己的存在感，也避免和顧熠相見。

但是墨菲定律告訴我們，怕什麼來什麼，想什麼就發生什麼。

顧熠今天難得遲到，一身黑衣，黑著臉走進辦公室，臉上帶著幾道觸目驚心的血痕。

組裡的同事一看見顧熠，就像發現新大陸一樣調侃：「哎呀，顧工臉上這一道道的，是什麼呀？」

另一個同事立刻應和：「禁欲的顧工也有把持不住的時候，這是被哪個女人抓了臉吧？指甲也真夠利的。」

顧熠表情不善，全身散發著駭人的氣息，蘇漾惜命，這時候絕對不要主動靠近他。

顧熠被調侃了，也沒有即刻發作，只是意味深長地看著蘇漾，嘴角帶著陰森的笑意。

「這是被竹掃把打的，昨天和人發生了一點誤會。」他指了指自己臉上一道道的傷口，幽幽說著，「還被她家的狗尿了一腿，算是見識到了什麼叫有理說不清。」

蘇漾聽到這裡，忍不住縮了縮脖子。

顧熠說起昨晚的經歷，怒極反笑。大家見他帶笑，以為他真的不在意，都哈哈笑了起來。在眾人的哄笑聲中，顧熠走到蘇漾身邊，低著頭敲了敲蘇漾的桌子。

「妳，來一下我的辦公室。」

蘇漾如喪考妣。

不知道現在把老爺送給顧熠，做一鍋熱氣騰騰的狗肉火鍋，還來得及嗎？

蘇漾覺得，顧熠現在的招數越來越難捉摸了。

從他方才說的話，不難猜出他氣到不行，但是此刻，他把她叫到辦公室裡，卻什麼都沒說，只是要她站著。她不敢火上澆油，便膽顫心驚地等著，彷彿心理上的凌遲，比一刀殺了她還難受。

顧熠放下公事包，從抽屜裡拿出幾份文件，又打開電腦，調了什麼檔案在看，總之，就是對站在面前的蘇漾視而不見。

蘇漾思前想後，決定主動道歉，承擔一切。

「顧工，對不起，昨天晚上是誤會一場。」蘇漾想了想說，「你別生氣，我媽這個人，比較衝動，見不得我被人欺負。不過這件事你也有一定責任，我好歹是個女生，你怎麼能把我就丟在臺階上不管？我媽一看那場景，還以為你把我怎麼樣了。

「……再說我們家的狗，我們家的狗品種不好，土狗一隻，又沒有經過專業訓練，絕對沒有針對你，頂多就是把你當成樹啊或是電線桿之類的……」

「好了。」顧熠打斷蘇漾，微微抬頭，對蘇漾一笑，令人毛骨悚然，「我又不怪妳。」

顧熠就用這麼一句話，對蘇漾展開了三百六十度全方位的報復。

一天召喚她無數次，動不動就把她叫到辦公室，她幾乎時時刻刻都得嚴陣以待，完全沒有喘息的時間，甚至怕臨時被召喚，連廁所都不敢去。

顧熠叫她到辦公室也沒什麼事，就是故意整她而已。

除此之外，他還把她當傭人使喚，一下子要她拿這個，一下子又要她找那個。公司資料庫她一天跑十三次。

她不知道還有誰比她更倒楣？

下午三點半，蘇漾第三十六次被顧熠叫進辦公室。

顧熠辦公室裡，清潔人員正在打撈金魚，那是除了顧熠之外，他辦公室裡唯一的活物。缸內的金魚被轉移到三個小魚缸裡，和原本的大魚缸相比，這小魚缸實在有些狹窄，金魚們只能在小空間裡打轉。

轉移完金魚，清潔人員把一公尺高的魚缸從工業風的架子上抬了下來，隨手放在地上。除了辦公室，小會議廳裡也有個玻璃製的展示槽需拆下清洗。

因為要做大清掃，顧熠一貫井井有條的辦公室看起來有些凌亂，但這絲毫不影響他的工作步調，依舊有條不紊、旁若無人地做著他的事。

清潔人員都進入會議室拆卸東西，能聽見小心翼翼卻又無法掩蓋的鏗鏘聲傳來，但顧熠似乎完全不受干擾，頭也不抬，命令蘇漾：「這三缸魚，妳先抱出去餵，魚缸要送去洗，晚上才送回來。」

這一整天使喚下來，蘇漾都快被顧熠養出幾分奴性了。

顧熠的命令一下，她幾乎是反射動作地就去拿魚缸，像一個設定好程式的機器，已經失去自己的意志。

蘇漾的手剛碰到魚缸，冰涼的玻璃讓她腦子突然清醒過來。

顧熠是以為她沒有脾氣嗎？這一整天的積怨，讓她忍不住回過身來。

「顧工，你這樣是不是有點過分？」

顧熠原本看著電腦，聽蘇漾這麼一說，視線終於從電腦螢幕轉到蘇漾臉上。

顧熠坐著，蘇漾站著，明明是他仰頭看她，那目光卻有種無形的壓迫感，彷彿一根木樑壓在脊椎上，讓人忍不住就摧眉折腰。

蘇漾拿出壯士斷腕的精神，在顧熠的眼神壓迫下，努力為自己爭取權益。

「我是來實習的，不是來幫你養魚的。」

顧熠聽了她的話，也沒說什麼，只是輕輕揚了揚嘴角：「怎麼？實習的就不能養魚？」

「我……」被顧熠抓住語病，蘇漾有一瞬間亂了陣腳，但是很快又想好說詞，「偶爾一次當然可以，但是你一整天不停地使喚我，分明就是報復！」

顧熠聽蘇漾這麼說，也不生氣，只是倏然起身，一步一步從辦公桌後面走出來，最後停在蘇漾面前：「不讓妳做事，妳說我針對妳，讓妳做事，妳說我報復妳。那妳倒是教教我，該如何對待妳這個實習生？」

「這……」

他輕嘆了一口氣，「我應該怎麼對妳呢？」他抬手摸了摸蘇漾的頭，像對待寵物一樣，「難道每天像這樣？鼓勵妳，安慰妳？像勵志電影裡一樣？」

蘇漾忽然被顧熠摸頭，幾乎是立刻大退了一步，她瞪大眼睛盯著顧熠：「你你你……這是職場性騷擾！」

「噗嗤。」顧熠笑出聲來，又湊近蘇漾一步，「妳又教會我一個新詞。」

蘇漾見他越靠越近，也顧不上自己什麼權益，只是急速往後退。

「我警告你啊，你別動手動腳的，我告訴你，職場性騷擾是犯法的！」

「所以呢？」他微微低頭，看著蘇漾，一臉無辜。

「你……」

蘇漾在腦中搜索著抨擊他的詞彙，突然感覺一道黑色陰影籠罩住她。

「妳說的職場性騷擾，是這樣嗎？」顧熠毫無徵兆地一伸脖子，驟然湊近蘇漾，距離近到幾乎鼻尖要碰到鼻尖。

顧熠溫熱的呼吸拂上蘇漾的臉，她毫不懷疑，如果她脖子再往前一寸，他就會親上來了。

「啊——」

蘇漾被他嚇得整個人往後退，直到腰間撞上一個硬物，整個人瞬間失去平衡。

下一刻，只聽「撲通」一聲，蘇漾整個人掉進金魚缸裡……

蘇漾在水裡掙扎了兩下，有些腥氣的金魚缸水浸溼了她的衣服，濺到她臉上、嘴裡。蘇漾狼狽地扶住邊緣，一抬頭，就看見顧熠居高臨下看著她。

蘇漾回想從他突然起身，到逼著她後退，分明就是故意要整她。

他一臉虛偽的擔心，還向蘇漾伸出一隻手：「妳不要緊吧？怎麼這麼不小心？」

蘇漾抬手就是一下，「啪」一聲拍開顧熠的手。

幾乎是咬牙切齒地說出三個字：「不要緊！」

顧熠嘴角勾起淺淺弧度：「那就好。」

從那之後，蘇漾和顧熠處處針鋒相對，誰也沒有要退讓的意思。連假將近，蘇漾本該放假七天，卻被顧熠調休，只能休前三天，她覺得顧熠絕對是挾怨報復。

蘇漾好幾次忍不住想打市民熱線，但考慮到實習分數，還是忍住了。工作果然讓人成長，蘇漾覺得自從實習以後，她從一個人類活生生「進化」成受氣包。

顧熠調休的目的，倒不是為了什麼專案，而是要去參加美國著名的建築公司 Sagittarius 在城內舉辦的展覽。

Sagittarius 從一九八〇年代起涉足國內市場，於二〇〇四年在經濟中心上城建立了辦事處，僅僅一個辦事處，就成功在國內承擔五百多萬平方公尺的總規劃。因為是外國公司，一直受到國內各種超級大型的專案青睞。

蘇漾考慮到是展覽，穿得頗為正式。早上九點，顧熠準時開車來接蘇漾，然而車上還有一個人——林鋮鈞。

林鋮鈞對蘇漾還是一如既往的和善，一路上和蘇漾閒聊，時間倒是過得很快。到了博覽中心，蘇漾被展覽的規模嚇到。她突然慶幸自己調休，這種展覽絕對是千載難逢。整個一樓全部被 Sagittarius 包下，規模和等級都是絕無僅有的。這種國際大公司的大型展覽，一般都是受邀才能參加，原本以資歷來說，根本輪不到蘇漾，據說是林鋮鈞的建議，蘇漾才得以來見見世面，對此，蘇漾非常感激。

顧熠一到會場，就被建築協會的幾個熟人叫去。林鋮鈞對此已是習以為常，便直接帶著蘇漾到處參觀。

在建築界，顧熠的名氣遠比林鋮鈞大，但是在Gamma，林鋮鈞負責的專案絕對不比顧熠少。這麼多年下來，林鋮鈞作為顧熠的合夥人，一直在背後支撐著Gamma。

對此，蘇漾很是好奇。

「林工，你是怎麼和顧工成為合夥人的？」

也許是太多人問過他這個問題，他已經輕車熟路。

「其實建築大師分很多不同派系，這個妳應該懂。顧熠的成名具有一定爭議，他早年比較狂妄，而我們又是比較傳統內斂的民族，所以他不受業界喜歡。直到他諸多作品被採用後，才慢慢被接受。」

蘇漾聽不懂他的話和她的問題有什麼關係：「所以呢？」

「因為我的個性恰好是傳統內斂，卻又嚮往做個自由狂妄的人，所以我選擇了顧熠。」

林鋮鈞說完，又強調一句，「是我選擇他，他在圈子裡名聲很臭，除了我，也沒什麼人願意和他一起工作。」

聽了林鋮鈞的話，蘇漾更好奇了：「可是，看你們兩個，我覺得你好像比較自由外向，他比較內斂啊？」

林鋮鈞笑：「這種內斂和外向，是表現在對人對事上。他剛踏出校門，就敢對各種潛規則說不，從來不會因為資歷，就遵從前輩錯誤的決策。而我，不敢。」

蘇漾從林鋮鈞的話裡，認識到另一個她不了解的顧熠，內心湧起一絲奇怪的感覺。

「不過。」林鋮鈞話鋒一轉，「顧熠不是個好情人，而我是。」

說著，他不知從哪裡偷來一朵小花，溫柔地撥開蘇漾耳邊的頭髮，輕輕別在她耳朵上。

蘇漾必須承認，她只是個涉世未深的小女孩，被一個成熟又充滿男性魅力的男人這麼撩動，會耳廓發紅，心跳加速。

但她也是個腦子還算清醒的人，抬手撫弄著耳朵上的那朵花，揶揄他：「你是只想當一夜情的好情人吧？」

林鋮鈞被蘇漾當面嗆了，也不生氣，微笑道：「妳這小丫頭，還真有趣。」

建築協會的幾個傢伙，每次遇到顧熠就是一番糾纏。他和少數幾個老派建築師理念有些不合，不太能一起工作，但是建協卻總是極力想要促成這件事，顧熠對此不勝其擾。

好不容易逮到機會可以脫身，顧熠趕緊回頭去找林鋮鈞，哦，還有那個不知天高地厚的丫頭，蘇漾。

要來看展覽，林鋮鈞說不能三個大光棍去，好歹要帶一個女的，硬是要蘇漾一起，顧熠也就半推半就。

顧熠不知道自己有沒有看走眼，對於她的天分，他覺得，其實和賭博差不多。

Sagittarius 這次的展覽，會展出很多網路查不到的資料，對於一個新人來說，絕對是殿堂級的知識寶庫。他從心底希望，她可以珍惜這個機會。

往回走了一陣子，終於看到林鋮鈞的身影。

出來參觀展覽，卻穿著一套湖藍色的格子西裝，花俏得很，極為好認。

走近之後，被林鋮鈞高大身軀完全擋住的那抹纖瘦倩影才逐漸顯山露水。

兩人靠得極近，也不知道在說什麼，反正有說有笑的樣子，完全心思就不在展覽上。

林鋮鈞拿了一朵不知哪裡弄來的花，溫柔地別在蘇漾耳朵上，而她，立刻紅了臉龐，一臉嬌羞的樣子。

林鋮鈞這種下三濫的手段居然能用這麼多年，騙這麼多女人，還每個都上鉤，不得不說，女人就是膚淺。

顧熠看著此情此景，再看看蘇漾，忍不住皺了皺眉。

他是帶她出來看展覽學習的，可不是讓他們在這裡談戀愛的。

走到兩人身邊，他們依然旁若無人地對視，過了兩秒，蘇漾才終於發現他，不由往後退了一步。

林鉞鈞見蘇漾後退，回過頭一看是顧熠，忍不住吐槽，「神出鬼沒，都嚇到人家小女孩了。」說著，他指了指蘇漾頭髮上的小花，「我們事務所的所花，這麼一打扮，是不是更像女神了？」

顧熠冷冷看了蘇漾一眼，毫不客氣地評價。

「像個村姑一樣。」

第六章　團圓之家

蘇漾其實也不喜歡用那麼花俏的裝飾，本就打算把那朵花拿下來。結果手剛抬起來，就聽見顧熠一句「像個村姑一樣」，氣得她直要翻白眼。這場展覽能收到邀請函的，都是業界有頭有臉的人物，蘇漾在這樣的場合也不好發作，只能不爽地把耳朵上別著的花摘下來。

展覽結束後，林鋮鈞還有約，便要顧熠在一個路口放他下車。他一走，剩下顧熠和蘇漾在車廂裡相對沉默，空氣幾乎讓人窒息。蘇漾覺得此刻彷彿坐得不是車座椅，而是刑具。

蘇漾一整天都沒有招惹顧熠，顧熠卻依舊對她不爽。

等紅綠燈之際，顧熠突然斜睨她一眼說道：「在我這裡，混不到學分，妳好自為之。雖然不知道是誰把妳選進Gamma……」

顧熠這話一出，蘇漾忍不住插了一句嘴：「不是你故意的嗎？」

顧熠不屑地嗤了一聲：「我不會故意把垃圾倒進事務所。」

蘇漾：「……」

和這個男人根本說不下去。

蘇漾回到寢室，和石媛聊了今天在Sagittarius展覽上看到的一切，石媛羨慕得不得了，不禁感慨：「我說啊，妳還是別辭職了，Gamma真是個好地方，機會又多，妳要是實在做得不開心，就想辦法調組吧。」

「調組？」蘇漾彷彿聽到天大的笑話，「一切全是顧熠安排的，他就是要把我整死，怎麼可能讓我調組？」

「那林鋮鈞呢？你不是說他人很好，是合夥人嗎？他肯定還是有發言權的吧？」

蘇漾聽到這裡，提起了興致，追問道：「那妳覺得應該怎麼做？」

「當然是討好他啊，要他跟顧熠去要妳，很堅決的那種。顧熠總不好不讓，合夥人嘛。」

「有道理。」蘇漾點點頭，「那我該怎麼才能讓他很堅決地去跟顧熠要我呢？」

石媛眼珠一轉，走到自己掛著的包包裡拿出兩張電影兌換券，遞給蘇漾：「先請他看個電影，吃個飯，拉近關係吧。」

蘇漾為難地接過電影兌換券：「他該不會誤以為我要追他吧？」

「搞點曖昧，他才會盡心盡力。」

蘇漾對這種行為有些不齒：「這太綠茶了吧？」

「那妳繼續留在顧熠組吧。」

「我明天就去送！」

顧熠鮮少到林鋮鈞的辦公室來。這麼多年，林鋮鈞一直是他最好的搭檔，才華橫溢，辦事放心，雖然偶爾愛打打嘴砲，但工作能力絕對是一流的。

當年顧熠勢單力薄，孤軍奮戰，多虧他幫了一把，才有如今的Gamma，所以顧熠很少干涉林鋮鈞。

顧熠過來，林鋮鈞的助理正要通報，他已經大搖大擺走了進去。

林鋮鈞正在穿外套，看來是準備出門，見到顧熠也沒什麼表情，倒是顧熠驚訝道：「我還沒說，你就知道了？」

林鋮鈞扣好釦子，一臉困惑：「知道什麼？」

「肖總約你晚上見面談清河灣的案子。」

「晚上我沒空啊。」林鋮鈞笑了笑，「蘇妹妹約我看電影。」

聽到「蘇」這個姓氏，顧熠不易察覺地眸光一暗：「蘇漾？」

「對啊。真可惜，這小丫頭年紀太小，居然沒有談過戀愛。」林鋮鈞拿起桌上的電影票，彈了一下，「江湖規矩，不碰處女。」

顧熠皺了皺眉，當作沒聽見，態度強硬了幾分：「清河灣專案由你負責，必須去一趟。」

「那蘇妹妹怎麼辦？」

「趕緊去就對了，哪來那麼多怎麼辦？」

林鋮鈞看了看電影票，又看了看顧熠，突然不懷好意地一笑，「你是不是故意派我去啊？」他一臉洞察的表情看著顧熠，彷彿要把他看穿，「蘇妹妹請我看電影，你吃醋啊？」

顧熠一記眼刀射來，林鋮鈞毫無畏懼，繼續意味深長地說著：「吃醋，是愛情的開始。」

顧熠：「……」

林鋮鈞調侃顧熠上了癮，嘴巴不停：「我看這蘇妹妹和你挺合適的，年紀小沒見過世面，你這種生手應該也能搞定。」

顧熠忍無可忍，脾氣終於爆發。

「滾！」

蘇漾從來沒有主動約過男生，內心有點忐忑。要不是哭天無路，告地無門，誰會出這種下三濫的招數？

她今天穿了一身絳紅色連身裙，又特意兌換了一部鐵血男兒兄弟情的電影，想暗示林鋮鈞，希望他能伸出援手幫幫她。

電影快開場，蘇漾抱著兩杯可樂和一大盆爆米花先進入放映廳，放映廳提前十分鐘熄燈，開始播放廣告。

蘇漾看了一眼手機上的時間，心想，林鋮鈞該不會不來了吧？

哎，看來綠茶不是那麼容易當的，也不是每個女人都天生具有女性魅力。

正當蘇漾大把啃著爆米花，準備自己看電影的時候，身旁的座位突然坐下來一個人。

林鋮鈞來了，看來他果然是個紳士。

「林工。」蘇漾含著爆米花，聲音帶著幾分驚喜，差點把爆米花噴出來。

黑暗的放映廳，音響裡播放著電影院的消防出口宣導，聲音不大，忽明忽暗的螢幕光線映照在來人臉上。

蘇漾側著頭看著他，仔細辨認。

短短的頭髮，冷硬的側面線條，以及那雙永遠都帶著幾分不爽的眼睛。

靠，這不是顧熠嗎？

「不好意思，我坐錯位置了。」蘇漾立刻抱起爆米花就要逃走。

「坐下。」

顧熠語調不疾不徐，說出來的話卻讓人有種不敢違抗的威懾感。

蘇漾只能又抱著爆米花，硬著頭皮坐下。

「顧顧顧……工……我真的是坐錯了……我看了一下我的票，是隔壁廳的……」

顧熠微微轉頭，淡淡掃了她一眼：「妳沒坐錯，他不來了。」

聽到「他」，蘇漾意識到是林鋮鈞不來了，眼中閃過一絲失望，脫口問道：「為什麼？」

「他有工作。」

蘇漾偷看了顧熠一眼，忍不住低聲抱怨：「不來也不能把票隨便給人吧。」

顧熠勾了勾嘴角，冷笑道，「我來，是警告妳，辦公室不是讓妳談戀愛的地方，妳在Gamma，應該學習怎麼當一個建築師，而不是找一個建築師當老公。」說著，鄙夷地又追加一句，「一個不行，就換一個，妳還挺有能耐的啊，蘇漾？」

蘇漾想到之前顧熠誤會她想勾引他的事，真是有口難辯。她就是怕被誤會，才選了這麼一部熱血電影。

「我又不在辦公室裡。」蘇漾忍不住頂嘴，換來顧熠一個冷冷地瞪視：「妳現在的工作態度，妳覺得沒問題？」

電影正好開演，整個放映廳安靜下來。兩人吵架的聲音干擾到其他觀眾，被噓了之後，兩人才安靜下來。

蘇漾本來如坐針氈，好幾次想要溜出去，但是礙於顧熠的淫威，又不敢輕舉妄動，只好一直盯著電影螢幕，最後卻意外被劇情吸引，忍不住眼淚撲簌簌直掉。

電影播畢，蘇漾的眼睛已經哭得有點微腫。

散場時放映廳的燈重新亮起，顧熠一側頭，看見蘇漾的模樣，眼中閃過一絲訝異。

所有觀眾紛紛離場，只有他們兩人像在較勁一樣，你不動，我不動。

緊緊相鄰的兩個位置，是那麼親密，不明真相的還以為他們是一對情侶。

兩人以這樣的距離交談著。

顧熠的目光看向前方，語氣始終冷靜。

「林鉞鈞沒來，妳傷心成這樣？」

蘇漾不明所以，不確定顧熠的意思，斟酌著用詞。雖然顧熠不一定會相信，但她還是想解釋：「我找林工其實是有事想請他幫忙，他人很好，我以為他可能會幫我，沒想到他不來。」

顧熠看了看蘇漾哭腫的眼睛，又道：「什麼忙？」

蘇漾想想，繞個圈找林鉞鈞，還不如直接找顧熠，大不了被他開除，反正她現在也不想幹了。

深吸一口氣，蘇漾鼓起勇氣說：「顧工，我想調組。」

顧熠聽到這裡，眉頭皺了皺：「就因為這件事？」

蘇漾點點頭。

顧熠沉默了一下，半晌，薄脣輕啟。

「和我一起工作，有這麼痛苦？」值得她換不了組就哭一場電影？

「蛤？」

蘇漾最近也算摸到了一點顧熠的脾氣，不敢說百分之百的實話，想了想：「我覺得我和你的理念不是那麼合，在你組裡壓力太大了。」

「所以妳想調去林鋮鈞的組？」

蘇漾偷偷看了顧熠一眼，見他沒有什麼表情，小聲說：「那也不是，最好是能調回李工組，李工人好，像叔叔一樣親切。」

人走光之後，放映廳彷彿變成一個空谷，只有風聲呼呼，說話都帶著回音。

蘇漾說的最後一個音都已消散，顧熠依舊沒什麼回應。

蘇漾忍不住忐忑，他該不會封殺她吧？

她正考慮著要不要和顧熠道歉，顧熠終於開口。

「妳拿出一點成績來，我讓妳調。」

蘇漾很快抓住重點：「怎麼樣才算有成績？你都不讓我參與設計啊。」

顧熠想了想回答：「建築設計的比賽很多，至少得一個有分量的獎項吧。」

建築界的比賽確實多，但是蘇漾從來沒有報名過任何比賽，實力有限，野心沒有。現在顧熠這麼要求，簡直就是為難她。

「你是不是覺得我根本不可能拿到獎項，才說出這種要求？其實你就是想整我吧？」

顧熠笑，表情依舊淡然。

「這點能力都沒有，就不要和我提要求、談條件。」

蘇漾被他嗆了，卻無力反駁，覺得好像有一股氣堵在胸口，無處發洩。坐在原位，手死死扣住座位的扶手。

人爭一口氣，佛受一爐香。

蘇漾提高聲音，一字一頓地對顧熠說：「好！我一定會拿一個讓你看看！」

顧熠聽她大言不慚，鄙夷冷哼：「我拭目以待。」

說完，他拍了拍大腿，瀟灑起身。顧熠高大的身影如同一道黑影，完全將蘇漾籠罩。蘇漾更覺壓抑。他微微低頭看著蘇漾，從上到下打量著她，最後莫名說了一句。

「以後不要穿這麼紅。」

蘇漾低頭看了一眼自己身上的紅色連身裙，不明所以，問道：「為什麼？」

他的理由言簡意賅。

「礙眼。」

「？？？」這男人是有瘋牛病嗎？看見紅色都不行？

蘇漾從來沒有關注過任何大學生可以參加的建築設計競賽。

唯一每年都會看一看的，就是T大一年一度的「國際建造節」，完全發揮想像力，用紙板設計及建造建築的競賽，高中生、大學生都可以參加。

說來慚愧，她也和非建築系的學生一樣，是從社群媒體上看到的。紙板造房子，確實還挺有趣。

在網路上搜索了一下她現在可以參加的比賽，太多了，她根本分辨不出等級高低，在問答平臺上看了一下專業人士對建築設計競賽的分析，最後選了幾個看起來不錯的。

「霍司杯國際大學生建築設計競賽」，外國名字，一聽就很高端，會不會很難？再看下一個「中國建築新人賽」，都「中國」了，那一定也是很厲害的比賽吧。

上網搜尋比較了一下兩個競賽，最後蘇漾被後者網頁上的一句英語文案吸引——The rookies' award for achi students.

蘇漾自認英文還過得去，但卻不認識「rookies」這個單字，用詞典查了一下，原來是「菜鳥」的意思。瞬間覺得這個比賽根本是為她而設的，她不就是「菜鳥」嗎？點進主頁面，認真讀完了參賽條件，才發現離截止日期只剩八天了。蘇漾在報與不報之間猶豫了很久，最後腦袋一熱就報了。

管他的，反正報個名而已，得不得別人也不知道。

報完名當天，蘇漾下班就趕回家。她想回去翻翻爸爸的藏書筆記之類的。所謂虎父無犬女，爸爸以前是那麼厲害的建築師，應該有一些錦囊妙計留下來吧？

爸爸去世後，所有的遺物都由蘇媽保存，蘇漾剛考上N大建築系的時候，蘇媽曾經問過蘇漾，要不要把這些東西都給她，當時的她對建築設計還沒有培養出什麼興趣，嫌麻煩就沒有要。

這麼多年過去，蘇媽堅持蘇漾在建築設計上是有天賦的，理由就是她很會畫畫，對此蘇漾實在無力吐槽。

蘇漾大學前四年，只有第一年學繪畫基礎拿過獎學金，繪畫天賦她確實有，但那和建築設計還差了一大截。

蘇漾回到家，蘇媽不在，整個院子裡靜悄悄的。她鞋子一脫就直奔主題，到爸爸的書房去找書。

這間書房，爸爸去世後就沒人用過了。蘇漾也只有小學時候調皮，進去過幾次，每次進去搗亂，蘇媽都會大發雷霆。

即便爸爸去世了，蘇媽對他的尊重和保護，依然像對待自己的男神那麼虔誠。糅合了敬重、崇拜、思念、遺憾，以及不變的愛，所以她一生都沒有改嫁。

蘇媽是個能幹的女人，如果爸爸是個文青藝術家，蘇媽就是個徹頭徹尾的世俗女子。教育程度不高，勤勞苦幹。換作別的女人一個人帶著孩子，要麼賣房子，要麼改嫁，只有她，強悍得像個男人。

賣過水果、女裝，擺過攤販，開過美容院……

為了養大蘇漾，蘇媽付出的一切，是常人無法想像的。蘇漾從小到大過著衣食無憂的生活，全靠這個世俗的女人。

這也是蘇漾一直那麼調皮反骨，卻還是聽蘇媽的話，讀了N大，選擇建築系的原因。

許多年沒有踏進書房，這裡依舊保持著最初的樣子，甚至連一絲灰塵都沒有。不難想像，蘇媽一定經常來整理打掃。

坐在籐椅上，蘇漾似乎能記起很小很小的時候，她側臥在爸爸大腿上，沐浴著陽光掏耳朵的愜意光景。

那是她對爸爸為數不多的零星記憶，應該是很幸福吧？所以即便當時她還那麼小，也能記得那麼深刻。

爸爸的書都是以類型分類，每一類書的前面都有標籤，方便尋找。

他就是這樣一個井井有條的人。

蘇漾翻到一本講建築風水的書，這類書她涉獵不多，便想抽出來看看，結果一抽，跟著書一起掉下來的，還有兩個紅色本子。

竟然是兩本一九八〇年代的結婚證書。

蘇漾對所有懷舊的東西都很好奇，輕輕翻開，竟然是爸媽的結婚證書。

黑白照片上兩個人都很年輕，爸爸看起來英俊清雋，自成風流，媽媽一對圓溜溜的大眼睛，靈氣動人。

蘇之軒，劉愛紅。

連名字都不相配的兩個人，真不知道是怎麼走到一起的。

蘇漾看得津津有味，書房的門突然被推開。

蘇媽一副剛從外面回來的模樣，和她平時隨意的打扮不同，她穿著一件淡藍色的套裝，有幾分貴氣的那種。

「媽，妳回來啦。」蘇漾看了看她的打扮，「妳去喝喜酒了？」

一般只有喝喜酒她才會穿這麼正式。

蘇媽環視了一下四周，最後視線落在蘇漾身上：「妳怎麼突然回來了？沒打電話給我？吃了沒？」

「回來找找有沒有爸的舊書可以用。」她正要闔上結婚證書，突然想起什麼，調侃了老媽一句，「媽，這結婚證書上時間不太對啊，怎麼是我出生以後？」

蘇媽大概是沒想到蘇漾會翻到她的結婚證書，眼中閃過一絲慌亂。

蘇漾不懷好意地笑笑說：「看不出來啊，老媽，妳還挺前衛的，那個年代就敢先上車後補票。」

蘇媽尷尬地走過來，一把搶過結婚證書，用那兩個紅色本子重重拍了一下蘇漾的腦袋。

「趕快滾出去，別翻亂了，要找什麼和我說，我找給妳。」

蘇漾搖頭晃腦，痞子一樣圍著老媽轉了一圈。

「喲，劉愛紅女士惱羞成怒了。」

蘇漾從家裡整理了幾本書，吃了頓飯，順便從蘇媽那裡要了點零用錢，就連夜趕回學校。在大門關上之前滑壘進入學校，回到寢室，蘇漾向石媛宣布自己報名了建築新人賽的事。

石媛表情淡定，也沒有罵她瘋了，只是問她：「需要報名費嗎？」

「一百多塊錢吧。」

石媛搖了搖頭：「心疼錢。」

蘇漾：「……這麼打擊我，妳還是不是朋友啊？」

「妳是開玩笑的吧？還有七天就截止了，妳白天還要上班，每天晚上開夜車也頂多趕完吧。這個獎其實是全亞洲的，國內競賽只是選出中國區的優勝，之後再代表參加國際競賽。這麼高階的比賽，至今學校裡沒有人拿過獎，妳就別想了。」

蘇漾雖然也不覺得自己會得獎，但還是嘴硬地說，「人就是要有夢想，萬一真的得了呢？」說完，一把抱住石媛的脖子，大放厥詞，「讓我成為本校第一個吧！」

石媛拍掉蘇漾的手，輕挑眉頭：「希望妳能得獎，正好今年頒獎典禮在本城，妳要是得了，我們院長還不興奮死了，搞不好你不用實習也能得滿分。」

「媽呀……真的假的……看來我非得不可了。」

「嗯。」石媛回頭看著她，「晚上睡覺的時候枕頭墊高一些，也許會實現。」

塞在和停車場一樣的環線上，耳邊不斷傳來急促的喇叭聲，顧熠才意識到今天是週末。

初秋的天氣陰沉，冷風陣陣，路上飄著些落葉，車陣緩慢地行進著，把趕時間的顧熠都磨得沒脾氣了。

好不容易走了一段，怕前面繼續塞車，顧熠從最近的出口下了環線。

城西的老城和城東對應，紛亂雜蕪，三教九流，路面被各種店鋪的桌子以及違規停車的食客占道，顧熠下來以後更加後悔了。

他一路蝸牛一樣爬行著，看到一條沒什麼人的小路，便果斷轉了過去，之後就順暢許多。只是這條路他不是很熟悉，走了一陣子發現轉來轉去又回到原點，不得不下車問路。

老城人口已經全面高齡化，年輕人都漸漸向城南和城北的新區轉移，顧熠看到不少老人家搬了椅子坐在街巷口。

一連問了幾個老人，都有點耳背，溝通不順。顧熠抬頭看了看前面，有一群人圍在一起，想著那麼多人，總有個耳朵還行的吧？

潮溼的地面，老舊的石牆，石縫裡長滿了青苔，這裡的建築都帶著陳舊的時代感。

顧熠一路看過去，終於走近人群。

一群老人家圍著一個年輕女孩閒聊。

女孩拿著一個素描本，正在繪製她面前的一扇老式木門把手。

一個說話極其緩慢的老先生笑呵呵地介紹：「我們家這扇門……是我曾外祖父那一代就傳下來的……我搬了好多次家，每次都會拆走這扇門……以前的東西品質就是好啊……你看看這木頭，一兩百年了……不壞不朽……這把手也是純銅的……耐用……」

旁邊的阿伯大嬸受不了了，紛紛吐槽：「你說幾十遍了，這老頭，真是糊塗了……」

顧熠一聲不響地擠進人群，低頭正好能看見繪畫女孩的頭頂。細密的黑髮，淺灰色的休閒套裝，只是背影，也能看出那年輕的朝氣。

她低頭畫得很認真，手上的炭筆動得十分流暢，很快就把門把畫了下來，其中每個細節都一一複刻，顧熠再看看她的素描本，竟然整本都快畫完了。

厚厚的一本，看得出來累積了很久。

畫完最後一筆，女孩滿足地收起素描本：「太美啦！感謝老伯伯！」

那聲音，顧熠感覺有幾分熟悉。

女孩畫完就開始和旁邊的阿伯大嬸聊天，時不時還吃人家幾顆花生瓜子，剛畫完畫，也不怕手髒，就這麼吃下去，竟也是其樂融融的樣子。

顧熠往旁邊挪了一步。

那女孩的容貌也隨著視角變化而映入眼簾。

秋風輕輕拂過，撩起她的頭髮，白皙的臉龐，笑得宛如月牙的眼睛，以及一直磕著瓜子、花生的嘴。

顧熠怕被她發現，下意識地後退一步，離開圍住她的人群。

那個女孩，居然是蘇漾？

顧熠若有所思。

顧熠一向不喜歡拋頭露面，這次擔任「建築新人賽」的評委，純粹是為了還以前的一點人情債。整個評委團隊都來自北都和上城，也都是業界的大師。

大家坐在一起評判作品，也算是一種技藝切磋。

挑選出優秀的作品並不是很難，大家的意見都差不多。

整整兩天的時間，大家終於將優秀作品分等。

唯獨在金獎作品上，幾個大師發生分歧。顧熠最年輕，大家在爭論的時候，他也不好發表意見。

一位大師遞來一個作品「膠囊城市」，將微城市設定成一個年輕人的城市，越來越多新血流入，城市變得擁擠，而「膠囊城市」充分利用所有的空間，讓每一寸土地都發揮作用。

另一個大師對於這個「擁擠」的主題並不滿意，遞來另一個作品「團圓之城」。

這是一個移民城市，年輕人在這裡站穩腳跟，建立家庭，再接父母親人過來「團圓」，設定了一個很溫暖的主題。布局也不似「膠囊城市」那麼擁擠，構建得更宜居。尤其是鳥瞰圖，竟然用了各式各樣的燈籠為元素，真正符合「團圓」之意。

微城市，最重要的，還是裡面的人。

房子，最大的功能是居住。

而燈籠，照亮的是回家的路。

所有的評委為了這兩個作品爭論不休，主辦方決定讓大家進行不記名投票。結果，「膠囊城市」以精妙的設計和突出的個性，獲得更多的票數，成為金獎作品。

那位堅持選「團圓之城」的大師，一直攔著主辦方問：「這個作品是哪個學校的學生設計的？我想見見他。」

為了公平起見，所有的作品都不具名，主辦方當下也想不起來，必須回去看存檔。

顧熠知道大師愛才，拍了拍大師的肩膀，安慰道：「頒獎典禮的時候，總會知道的。」

其實剛才投票，他也將票投給了「團圓之城」。不得不說，他也和大師一樣，很好奇這個作者是誰。這麼溫暖又人文的主題，中式風格的運用。應該是個很感性的女人吧？

蘇漾為了趕新人賽的設計，連續一個星期都在熬夜，之後的週末為了補眠睡得昏天暗地。不知是不是之前熬夜太過，元氣大傷，明明過去快一個星期，整個人還是有點昏昏沉沉，哪裡都不太對勁。

不管多累，她每天還是得按時上下班，可是只要一開始收集資料做設計，蘇漾就覺得想睡到不行，逮到機會就想休息一下。

顧熠最近也很忙，幾個專案同時進行，分身乏術。在外面談完事情回公司，路過蘇漾的座位，忍不住多看了一眼，沒想到她竟然趴在桌上睡覺。

她整張臉埋在自己臂彎裡，只露出後腦杓。

顧熠看到此情此景，微微蹙眉，停下腳步，用手動了動她的滑鼠，螢幕重新亮起來，顯示出她睡前做的檔案。她還在修改滄海灣之星的設計，明明已經把她的方案刷掉了，她卻沒有放棄。

顧熠思忖兩秒，抬手敲了敲她的桌子。

叩、叩。

蘇漾睡得迷迷糊糊，聽見聲響抬起頭，整個人還有些懵，兩眼逐漸聚焦，顧熠那張黑臉也越來越清晰。蘇漾花了一些時間才反應過來，然後神經一繃，倏然起身，趕緊擦掉臉上的口水痕跡。

「顧工，你回來啦。」

顧熠看著她，表情有些肅然。

他輕動嘴唇，淡淡道：「妳覺得建築應該用什麼設計？」

蘇漾以為顧熠會罵她，結果他卻突然問了這麼一句，讓人摸不著頭腦。想了一下，她忐忑地回答：「頭腦。」

顧熠皺眉：「是良心。」

「哦……噢……」

顧熠抬眸瞥了蘇漾一眼，又問：「妳在用什麼設計？」

蘇漾看了一眼自己的電腦螢幕，小聲說：「軟體？」

「妳在睡覺！」

顧熠的聲音突然拔高，嚇了蘇漾一跳。這種挖洞給人跳的問答，蘇漾真是服了。

被顧熠這麼教訓，她只能趕緊認錯，蘇漾頭一低，態度良好。

「對不起。」

看著蘇漾低到快鑽進地面的腦袋瓜，顧熠的眉頭又收緊了一些。

說實話，近來蘇漾已經改了不少，不再沒大沒小，說她什麼也只是點頭，聽從指揮，要做什麼都自發去做，讓人省心不少。

在職場上，她的成長速度不算快，但也不算完全我行我素的人。

他本意並非要嚇她，但兩人的身分已經注定了不可能像朋友一樣對話。

想到她在城西畫畫的樣子，那種專注而恣意的模樣，顧熠心中湧起一絲異樣的感覺。

他看了一眼蘇漾臉上睡出來的痕跡，和額間那一絲濡溼，抿了抿脣。

「以後不要在這裡睡覺。」

蘇漾的頭又低得更低：「以後不會了，對不起。」

顧熠見她誤會了他的意思，又補了一句：「我是說，這種天氣這麼睡容易感冒。」

蘇漾幾乎是立即抬頭，好像懷疑自己聽錯了一樣的表情：「你說什麼？」

顧熠被她這麼目不轉睛地看著，有些心虛，又沒好氣地補了一句：「我怕妳病了還傳染給別人，到時候整間辦公室就沒人做事了。」

蘇漾：「……噢。」

報名「中國建築新人賽」完全是一時意氣用事，熬夜做完設計，也只是想著有始有終。

競賽的主題「微城市」，給了參賽者很大的自主性。

說起來，蘇漾的靈感還是來自顧熠。

他帶她去工地，一路上都在拆了建、建了拆。

蘇漾是土生土長的Ｎ城人，對此很是感慨，問顧熠：「你會說Ｎ城的方言嗎？」

顧熠戴著安全帽往工地走，半晌才回答：「會。」

蘇漾詫異：「從來沒聽你說過Ｎ城話。」

「現在Ｎ城湧入的外地人多，很多人聽不懂Ｎ城方言，久了就習慣說普通話了。」

蘇漾笑，「我也是。」她頓了頓，有些遺憾地說，「越來越多外地人，人擠人，搶資源，有時候我不禁懷疑，N城到底還是不是我的家。」

顧熠走著走著，從地上撿起一個破掉的燈籠，那大概是春節期間掛在工地的，如今節日過去，失去作用，便被隨意丟棄在一旁。

他把燈籠上的灰塵拍了拍，拍不掉，也不堅持，隨手又掛在路邊的樹上。

褐色的枝、綠色的葉，與那一抹紅。

「N城永遠是N城，排外並不會讓N城變回以前的樣子，以前的樣子也不見得是最好的樣子，那只是妳記憶中的樣子而已。一個城市只會因為包容，而成為更好的城市。」顧熠回過頭，看了蘇漾一眼，「能讓所有人都安居樂業，那才是真正的家。」

因為顧熠這席話，和那個不起眼的小舉動，蘇漾想出了「團圓之家」的概念。能及時完成作品就不錯了，至於得獎，其實蘇漾完全沒想過。那天她在外面吃飯，突然接到一通電話。陌生的號碼，還是來自北都的號碼。她的第一個反應，應該是詐騙吧？

電話一接通，那頭的人就用溫柔甜美的聲音恭喜蘇漾得獎，要和她核對個人資料，還說要將頒獎典禮的邀請函寄給她。

蘇漾可不是傻子，自然不信，不僅如此，她還很不客氣地回說：「我最近真的很忙，英皇要和我簽約，買的彩票還沒領獎，快遞寄過來的東西有問題，信用卡被人盜刷，還有人用我名字做了無抵押貸款欠了好幾百萬……」

「噗嗤，」電話那頭的女人被逗笑了，「蘇小姐，我一開始就介紹了，我們是中國建築新人賽的主辦方，是官方。」她很有耐心，「妳的作品『團圓之家』獲得比賽的銀獎，因為妳留的郵件信箱沒有回覆，我們才打電話給妳，妳方便的話，現在查一下吧？」

蘇漾半信半疑，點進郵件信箱。這一查，整個人都不淡定了。

「我的媽呀……枕頭墊高了，還真的實現了，居然比錦鯉還有用……」

中國建築新人賽的頒獎典禮定在一個週六的晚上。

在N城一個很老牌的飯店，N城賓館，曾經是只接待政府人員的地方，裝潢精緻，莊重而肅穆，讓蘇漾不由有些緊張。

顧熠是這次新人賽的評委和嘉賓，這段時間兩個人天天一起工作，顧熠都沒有表現出異樣，看來這次競賽真的和電話裡的小姐說的一樣，完全是匿名投票評選，評委也不知道自己選的作品是誰的。

想到顧熠，她的緊張中又帶了幾分期待。

她很想知道，顧熠如果知道銀獎得主是她，會是什麼反應？

會不會驚得下巴都掉到地上？

所有得獎者此刻都在後臺做造型，附帶ＬＥＤ燈的梳妝鏡一字排開，每個造型師都提著自己的工具箱，手腳俐落地化妝。

蘇漾不擅長化妝，平時也鮮少帶妝，上一次化妝，還是為鄰居家的一個姐姐當伴娘。

在化妝之前，造型師要蘇漾先去選衣服。

蘇漾長得秀氣清麗，造型師為她選的都是白色、粉色具少女感的顏色，但是蘇漾一一略過，最後手指落在一襲火辣的紅裙上。

「我要這一件。」

造型師沒想到她會選這麼跳脫的裙子，雖然有些意外，但還是很認真地按照衣服為蘇漾做造型。她沒有為蘇漾做老氣橫秋的盤髮，而是把她的中長髮做成自然鬈造型，和她平日清純的形象大不相同。

造型師沒有幫蘇漾貼很多層假睫毛，而是用一般的方式上妝，白皙的臉龐，清淡的妝容，卻配上烈焰紅脣，看著有幾分空靈之感。一眨眼，長睫撩人，自帶幾分風情。

蘇漾換好裙子，從更衣間出來，贏得許多驚豔的目光。

造型師滿意地看著蘇漾，說道：「本來以為妳駕馭不了這麼紅的裙子，沒想到穿起來這麼好看。」

蘇漾對著鏡子看了看，十分滿意自己的樣子。

「謝謝。」

蘇漾的手輕輕拎著紅裙華麗的裙襬，踏著並不熟練但還算可以駕馭的高跟鞋，一步一步走出後臺。

長長的走廊上空無一人，她覺得自己好像走在伸展臺上。

高跟鞋踏在地上。喀啦、喀啦、喀啦。

從小到大，她從來不曾這麼自信飛揚。

造型師不了解為什麼她要選一身不符合年齡的紅裙。因為有人叫她不要穿那麼紅，而她今天就要挑釁到底。他有瘋牛病？那她就要做地表最強的鬥牛士。

這次新人賽的頒獎典禮來了許多媒體，畢竟也是業界規模不小的盛會。

顧熠不喜歡這樣的場合，自然也沒有太多熱情。主辦方派造型師過來，想為顧熠整理造型，被顧熠拒絕。

不過是個嘉賓，他不想用力過猛。

距離頒獎典禮還有不到半小時，主持人過來請顧熠，希望他參與彩排。

顧熠起身，理了理自己的領口，跟著主持人一起走了出去。

從房間出來，一直走到接近舞臺，主持人才笑瞇瞇地說：「顧總，等一下請您頒發銀獎，得主正好是您N大的學妹。」

「N大的？」顧熠有一絲驚訝。

「對啊。」主持人說著，視線突然轉向前方，一臉欣然，「喏，剛好她也過來了。」

顧熠循聲抬頭，正好看到那個越走越近的紅色身影。

來人高挑纖瘦的身材，穿著一襲吉普賽女郎一般的烈焰紅裙，襯著腳下高跟鞋，露出一小截白皙的腳踝。

紅裙隨著她的步伐，彷彿有生命一般，跟著那無聲的樂章流動，好像濃墨重彩的油畫，又似火焰中的精靈。

她一抬頭，也看見了顧熠。

狡黠得像狐狸一樣的眼神中，帶著幾分挑釁。

嘴角翹起，輕攏秀髮，舉手投足間全是空靈的嫵媚。

豔如初綻的玫瑰。

顧熠腦中不由想起小時候看過的歌劇《卡門》，當年他也曾對紅裙驚豔不已。

銀獎，團圓之家？

蘇漾？

第七章　水平儀

「顧總？」那活潑的主持人見顧熠有些失神，喊了他一聲。

顧熠沒有回應，只是緊抿雙唇，視線不偏不倚，落在蘇漾身上。

蘇漾拎著不算方便的裙襬走到顧熠面前，仰起頭與他對視，十分倨傲，不同於顧熠冷漠的眼神，她的眼角眉梢都帶著幾分俏皮的示威。

「顧工！」她率先和顧熠打招呼，聲調上揚，「沒想到是我吧？驚不驚喜？意不意外？」

顧熠沒有回答，只是別有深意地打量著她。

那主持人見兩人認識，也不說什麼了，拿著稿子就往舞臺的方向走去：「你們是校友，又認識，就不需要我介紹了。我們直接去彩排吧。」

顧熠微微頷首。

彩排開始了。兩人一起往舞臺走去，蘇漾在前，顧熠在後，她一直擔心他會踩到她的裙襬，每一步都走得小心翼翼。

一回頭，顧熠竟然無聲牽著她的裙襬，低著頭，沉默而安靜，彷彿天經地義。

蘇漾有些尷尬，乾澀地說：「謝謝。」

顧熠微微挑眉，沒什麼反應。

彩排過後沒多久，頒獎典禮正式開始。

業界的盛會流程比較枯燥，前面是主辦方和各位業界大師發言，每一個都是對建築業界的回顧和展望，大同小異。

等了許久，終於進入頒獎環節。

和彩排一樣，每一種獎項只有代表可以發言，金銀銅獎則由金獎得主發言。頒完獎，嘉賓也不能下臺，要站在得獎者身邊，一起聽金獎得主發表感言。偌大的舞臺上，得獎者與自己的頒獎嘉賓兩兩站在一起。

蘇漾挺直背脊，始終帶著如照片定格般的僵硬笑意。

背景音是金獎「膠囊城市」得主的煽情感言，說著他對建築師的憧憬，這麼多年的努力，以及未來的方向。

蘇漾聽得不算太認真，腦子有些放空。

「妳上次要的實習評估表，我填好了。」顧熠用小到只有蘇漾能聽見的聲音說，「我給了一百分。」

蘇漾一瞬間以為自己聽錯，等她反應過來，疑惑地看了顧熠一眼：「因為我得了獎，一下子就從五十九進步到一百了？」

顧熠面無表情地目視前方，沒有接蘇漾的話。

「調組的事，不用再想著去別組等機會了。」顧熠頓了頓，大方宣布，「我決定讓妳參與專案。」

蘇漾聽到這裡，終於忍不住瞪大眼睛，用不可思議的眼神看著顧熠。

她的重點並不是去別組要什麼機會，而是遠離他姓顧的好嗎？

蘇漾忍不住壓低聲音問：「你現在是打算說話不算話嗎？」

顧熠微微側頭，向下看了一眼，微微抿唇。

「嗯。」

「……」蘇漾在頒獎臺上都忍不住沒形象地翻了個白眼。

這人還能再理直氣壯一點嗎？

「你不能這樣。」

「我已經決定了。」

顧熠臉上是沒得商量的堅決。蘇漾小命握在別人手裡，哪裡有什麼自主權。

蒼天吶，她熬夜一週到底是為了什麼？！

氣得蘇漾差點把獎盃都砸了。

就在這時，金獎得主的感言發表完畢，主持人請舞臺上的人看鏡頭，拍照留念。

大合照過後，得獎者又分別和自己的頒獎嘉賓合照。蘇漾完全不想配合。如果用獎盃爆捶顧熠的頭不犯法，她倒是很想試試。

蘇漾拉長著一張臉，站得老遠，主持人忍不住出言調侃：「N大的學長和學妹站近一點，親熱一點拍一張。」

顧熠見主持人的表情有些尷尬，用蘇漾能聽見的聲音低聲命令：「過來。」

在Gamma 顧熠說了算，在這裡，憑什麼連合照也要被他使喚？

蘇漾對他的話置若罔聞，動也不動。

「不過來？」顧熠的語氣中帶了幾分威脅。

在舞臺上蘇漾可不怕，他總不可能打她吧？她輕輕揚起下巴，一臉贏了的表情。

下一刻，一隻修長有力的手臂就這麼伸了過來，一把扣住蘇漾纖細的腰肢，稍一用力，就把蘇漾摟進他的勢力範圍內。

火熱的掌心燙得蘇漾忍不住挺直了腰。

蘇漾緊咬著牙關，瞪大眼睛，凶巴巴地用眼神示意顧熠，他媽的快點拿開他的鹹豬手。

顧熠對她的抗議視而不見，臉上始終帶著紳士的笑意。

他說：「笑。」

蘇漾：「……」

笑你個頭啊！

調不了組，蘇漾有一陣子萬念俱灰，每天上班都是行屍走肉的狀態。

唯一能安慰蘇漾的，是她的第一期實習評估表，真的打了一百分。系主任看到之後也大力誇讚。

看來顧熠這人吹毛求疵、不近人情的個性，系主任也心知肚明，其他公司都不為難的實習分數，他卻要一板一眼地憑能力評判，也真虧蘇漾夠堅強。

好在顧熠在某方面還算說話算話，真的讓蘇漾參與專案了。

不過卻是個四五年前、房子都快賣光的案子，不知道還有什麼可以讓蘇漾發揮的？跟著顧熠跑了一路，蘇漾終於忍不住問：「這案子應該早就完成了，還來幹什麼？」

「設計費還沒付完。」

蘇漾彷彿聽了個大笑話：「所以你是叫我來要債的？」

「嗯。」

蘇漾一臉你去死的表情。

這也算是參與專案，嗯，很參與。

蘇漾不情不願地跟在顧熠身後，不爽地問：「還有人會欠設計費嗎？」

「在N城建築設計行業裡，一些『著名』開發商的欠款數額，早已是公開的祕密，大環境如此。」

「可是Gamma不一樣啊。」

「Gamma沒有什麼不一樣。」顧熠淡淡瞄了她一眼，簡單介紹業界的一些規則，「在正常情況下，設計行業的拖款週期大約是一年，簽訂合約拿百分之十，這筆錢開發商一般會按時給付。方案報建完成支付百分之四十，一般合約裡會指明甲方內審和規劃局報審，但是一般規劃局的審核週期較長。為了趕進度，設計公司會先墊資以繼續推進，因此經常會發生都已經進行到施工圖階段，規劃局那邊依舊沒有「通關」，按照正常情況，施工圖做完就能拿到合約款項的百分之八十，可實際上設計公司依舊只拿了百分之十。」

說起業界的潛規則，顧熠的眼中就流露一絲無奈：「在這種情況下，拖款週期就會變長，所以很多大規模的公司才會瘋狂接單，靠每筆單簽訂時支付的百分之十維持公司資金流動，而一些接不到單的中小公司則會被活活拖死。」

「為什麼會這樣？」

顧熠臉色越說越嚴峻：「說到底，是社會普遍對建築設計缺乏尊重。一些甲方覺得設計只耗費那麼一段時間，憑什麼收那麼貴？所以有合約也不遵守。」

說完，他意味深長地看了蘇漾一眼，又道：「建築師並沒有妳想像中那麼有社會地位，想清楚要不要繼續。」

蘇漾一路上思考著顧熠的話，就這麼來到欠款開發商的辦公室。來之前財務已打過電話聯繫，對象還是那個老賴經理，財務真的是被逼得無計可施才向顧熠求助。

顧熠此行的目的，是希望對方如果不能及時付款，至少也該談一談抵扣方式。要債的過程比想像中艱難，這個老賴經理完全是個無賴，不管顧熠如何強調立場，他就只有一句話：「工程款沒回款，我們也沒錢付啊。」

顧熠是個建築師，並不善於討債，到最後幾乎是不歡而散。顧熠看了一下時間，只能先帶著蘇漾撤退。

兩人起身離開，那個經理還裝模作樣地要送他們。

三人剛走出辦公室，就突然被大量湧入的人群嚇得退了回去。

什麼情況？

蘇漾被眼前的場面嚇傻了。

一群移工打扮的人氣勢洶洶地衝進來，每個人手上都抄著傢伙。鐵鍬、糊牆的鏟子、砸牆的鐵錘、沾滿了乾涸水泥的塑膠桶……反正一切工地常用的工具，應有盡有。

顧熠警惕地用手臂掃了蘇漾一下，把她往身後推了推。

來人對著他們大聲叫囂。

「王大明，今天不發薪資，我們就不走了！」

「欠債還錢！移工都是血汗錢！」

「王大明你沒良心！」

「……」

來人你一言我一語，很快勾勒出來意。

蘇漾見情況不妙，推了推顧熠，要他趕緊出去，別蹚這渾水。

然而因為和那個老賴經理站得太近，他們很快被包圍起來，想走也走不出去。

老賴經理在眾人推擠之下，以一貫無恥的嘴臉解釋道：「大家別急，等我們回款了，一定第一時間發薪。」

「又拖！」

「想敷衍我們！」

「現在就給！憑什麼等回款！拖多少年了！」

老賴經理大概是被要債要習慣了，直接擺出一副你奈我何的表情說：「現在你們逼我，我也沒有啊……」

一句話激怒眾人，那些抄著傢伙的移工也是有脾氣的，直接就抓住經理的衣領。你推一下我扯一下，把經理的衣服都撕破了。

場面越來越失控，顧熠被圍困在人群中間，緊貼著老賴經理，表情嚴峻。

他緊緊抓住蘇漾的衣領，把她護在手臂範圍內，虛掩著，既不碰到她，也避免她受這些人推擠。

他的動作沒有任何曖昧，只是一個男人在情況危急之際，保護女人的直覺反應。

混亂之中，不知是誰狠狠推了蘇漾一把，她猝不及防撞進顧熠懷裡。

他一把扶住蘇漾的肩膀，然後順勢將她保護起來。

蘇漾第一次感覺到，身為男人的顧熠，和她完全不一樣。

高大，有力，警覺。

顧熠抓著蘇漾的肩膀，試圖往外擠。

「各位兄弟，我們不是這間公司的人，和你們一樣，我們是來要設計費的。」顧熠冷靜地解釋，「麻煩讓我們出去。」

有人聽顧熠這麼一說，善良地讓出一道縫隙，誰知那個老賴經理也趁亂往他們這邊擠。

見經理想跑，移工兄弟的情緒一下子衝到頂點。

不知道是哪個年輕氣盛的工人，不分青紅皂白，一個抹泥刀就從側面飛了過來。

那經理反應倒是快，頭一偏就躲了過去，蘇漾眼看那個抹泥刀向她飛過來，整個人都愣住了，甚至忘記要躲避。

電光石火之際，顧熠抱著蘇漾轉了個方向，直接以身體擋住那個金屬抹泥刀。

快速飛來的抹泥刀，尖銳的邊角砸到顧熠下頷，直接劃出一道長長的傷口，鮮紅的血肉觸目驚心地翻了出來。

見有人受傷流血，那些移工也怕了，紛紛往後退，不敢靠近顧熠。

抹泥刀砸上去的那一刻，甚至有血濺到蘇漾臉上。

蘇漾從來沒有見過這種場面，整個人有些嚇傻，抬手在臉上一抹，手上的紅色讓她澈底亂了陣腳。

她手足無措地舉著雙手，想要碰顧熠，看著那傷口又怕弄痛他，只能看著血迅速從下頷流向脖子，染紅了衣領。

「顧熠……你受傷了……」

蘇漾的聲音顫抖，大腦一片空白，只是盯著顧熠的衣領和脖子，那裡全是血。

「怎麼辦……怎麼辦？」她的手腳也跟著打顫，「好多血啊……」

「冷靜。」顧熠的聲音鎮定而沉穩。

蘇漾的眼眶因為著急而泛紅，也不管自己身在哪裡，就開始到處找醫藥箱：「有沒有止血棉……先擦一擦……」

顧熠的眉頭緊皺在一起，見蘇漾整個人亂了，一把將她拉回來。

顧熠的聲音提高了幾分：「我說，要妳冷靜。」

這種時候越吼越亂，蘇漾更急了：「我很冷靜，我在想辦法！你不要吼我！」

混亂的人群，不一的表情，各式的眼光，顧熠的傷……

蘇漾臉色發白，只覺得眼前的畫面有些搖晃。

就在她不知所措的時候，顧熠突然抬起雙手，一把摀住蘇漾的耳朵。

溫熱的掌心緊貼著耳朵，陌生的觸覺，卻讓她在此刻感覺到前所未有的寧靜。

嘈雜不見，喧鬧消失，一切滑稽的戲碼都落幕，蘇漾能聽見自己的心跳聲一下一下放緩，逐漸恢復正常的頻率。

蘇漾無助地抬起頭，看見顧熠堅定的雙眸。

他臉上帶著傷，卻比蘇漾鎮定得多。

帶血的領口漸漸變色，他的喉結上下滾動，如斯鎮定。

蘇漾看著顧熠上下張合的嘴，迷迷糊糊聽見他溫柔的聲音，帶著安定人心的力量。

他說：「冷靜下來了嗎？」

蘇媽以前常說：沒什麼就是不能沒錢，有什麼就是不能有病。

蘇漾從小到大，最怕打針吃藥，所以不是病得不輕，絕對不會上醫院。這次為了要個設計費到醫院一日遊，絕對不是她樂意看到的結果。

急診室醫生手腳俐落，顧熠的傷口已經縫合完畢。雖然流了不少血，看起來挺嚇人，但最後只縫了四針。而且傷口在下頷處，醫生說不太影響外貌，也是不幸中的大幸。

衣服算是報廢了，領口的血跡已經乾了，但看起來還是有些心驚。

顧熠傷口縫合之後還需要打點滴，注射消炎或是防感染的藥，蘇漾有些慌亂，也搞不清楚，總之醫生開什麼繳費單給她，她就拿著顧熠的錢包去繳，然後從藥房拿了藥送到輸液室。

輸液室的護士很忙，為了維持秩序，螢幕上顯示名字的病患才能進去。

心急的病患和家屬將輸液室擠得水洩不通，蘇漾和顧熠只能在等候區坐著。

醫院輸液室緊鄰急診室，往外可以看到猶如菜市場的醫院大廳。人山人海，擁擠嘈雜，繳費和領藥的窗口排著長龍。放眼望去，有人在輕聲抽泣，有人神情凝重。愁容滿面的病患家屬，拿著檢驗單，扶著蹣跚的病患走過。

蘇漾的眼角餘光裡有顧熠的身影，距離近得讓人不由胡思亂想。

陪人看病，總是帶著某種親密感，親人，愛人，朋友。

想著想著，蘇漾微微側過視線，原本不知看向何處的顧熠也突然回轉目光，蘇漾就這麼猝不及防地對上他漆黑的眸子。

側臉俊然，眸光沉亮。

蘇漾趕緊移開視線，臉頰微微有些發紅。

大概是蘇漾難得的沉默，顧熠很快就發現她的異樣。

「我沒事，別擔心。」顧熠出言安撫。隨手將方才蘇漾買給他的礦泉水轉開，遞給她，「辛苦了。」

蘇漾看了他一眼，此刻他臉上還貼著紗布，看起來有些滑稽，反倒中和了他向來生人勿近的冷硬氣質，顯得溫和了許多。

蘇漾接過礦泉水，喝了一小口，怦然的心緒平緩許多。

蘇漾喝完水，顧熠對她勾了勾手，她又把瓶子遞給他，然後他再將瓶蓋轉緊，整個動作無比自然。

蘇漾心中起了微妙的變化。

顧熠這個人，平時話不多，但是見微知著，觀察入微，能探知人心的變化。

意外發生當下，她徹底亂了陣腳，他卻始終鎮定。像一個沙場上的將軍，淡定自若地指揮，將一切都安排得井井有條。

腦中一閃而過的，是她最慌亂的那一刻，他用手摀著她的耳朵，讓她冷靜下來。

想著想著，耳朵竟然不自覺發熱起來。眼睛不受控制地看向顧熠的手，此刻自然交叉放在身前，修長的手指細瘦而有力，比蘇漾的手大很多。

說不上來為什麼，蘇漾總覺得那雙手和平時有些不一樣。

蘇漾正思索著該和顧熠說些什麼，一陣急促的腳步聲打斷了她的思緒。

「顧熠，小蘇漾。」

蘇漾循聲抬頭，林鋮鈞出現在眼前。

他臉上還是一貫的和煦表情，俯視著兩人，帶著幾分調侃：「沒打擾到你們吧？」

蘇漾的臉微微一紅，正要吐槽，才發現他身後還跟著一對氣質出眾的中年男女。

男人和顧熠十分肖似，濃眉銳目，五官出眾，只是眼角的皺紋讓他多了幾分滄桑的閱歷感，將一身黑色西裝演繹得成熟又有質感，氣質也是同樣的清貴疏離。

他身後的女人溫柔和煦，眼眉含笑，一襲白色套裝貴氣端莊，美人遲暮，依然是個美人。

蘇漾還在猜測來人是誰，顧熠已經率先開口。

「你來幹什麼？」說著，他冷冷瞥了林鋮鈞一眼。

林鋮鈞立刻高舉雙手：「小人冤枉，你打電話給我的時候，我正好去參加一個飯局，伯父也在。」話沒有說完，但是接下來的發展已經清楚明瞭。

顧熠一句話，引得那個中年人不滿，他緊緊皺眉，態度嚴厲，「怎麼？你受傷了都不准我們來？」男人的聲音低沉中帶著幾分隱忍，「非得你躺在太平間等認屍，我才能來？」

男人話音剛落，身後的女人立刻拍了他一下：「不要說氣話，就這麼一個兒子，不能這麼詛咒。」

聽到這裡，蘇漾總算確定這對男女的身分，他們是顧熠的爸爸和媽媽。

也就是傳說中本城著名的開發商，恆洋集團的總裁和夫人。

蘇漾忍不住抬頭多看了幾眼，瞻仰富豪的風采。

顧父在大庭廣眾之下也不好發作，只能沒好氣地對顧熠說，「馬上回家。」說完又交代林鋮鈞，「小林也跟著一起回去吃個飯。」眼角餘光瞥見蘇漾，又補了一句，「顧熠的這個同事也一起，今天麻煩你們了。」

完全是下達命令的語氣，沒有拒絕的餘地。

這點真是和顧熠一模一樣啊！

蘇漾第一次有幸到富豪家裡做客。

顧宅是一座位於郊區的現代私人別墅，濃濃的俄羅斯式風格，環境清幽，金秋時節，院內黃黃綠綠一片，充滿季節的味道。一條蜿蜒的小河圍著別墅，將之與其他別墅隔絕開來。

過了橋才能抵達顧家，蘇漾跟著進入顧宅，一路都小心翼翼。

顧熠被父親叫進書房，林鋮鈞應該是和顧家人很熟，顧夫人怕父子倆起衝突，眼疾手快地把林鋮鈞也推了進去，去當個和事佬。

也不知道他們在書房裡說了什麼，總之很久都沒有出來。

蘇漾在別人家裡，也不好隨意四處走動，一直老實地坐在客廳沙發上。蘇漾百無聊賴，只好打量整個房子的構造。

俄式風格設計多以簡練的色彩和冷靜的基調為主，整體視覺效果很輕盈細膩，室內的裝飾高聳，大量運用花束、花環，不難看出這家的女主人是個熱愛生活，又精緻優雅的人。

蘇漾正思索著，房子的女主人就端著水果盤走了出來。

明明那麼有錢，卻沒有使喚傭人來招呼蘇漾，讓蘇漾感到幾分溫暖。

顧夫人將切好的水果推到蘇漾面前，然後為她倒了一杯香氣四溢的花茶。

她的眸光十分溫柔，帶著慈愛的笑意，親切地問蘇漾：「妳是蘇漾？」

被第一次見面的人叫出名字，身為一個無足輕重的小人物，蘇漾有些受寵若驚。難不成顧熠平日經常說她壞話，不然顧夫人怎麼會知道她的名字？

不等蘇漾反應過來，顧夫人又問：「在 Gamma 工作還習慣嗎？會不會太累？」

顧夫人親切熱情，長得又那麼美，和顧熠真是一點都不像。

顧熠這個人，大多數時候面目可憎，脾氣還是茅坑裡的石頭，又臭又硬。

因此蘇漾最後得出了結論——顧熠一定不是親生的。

蘇漾喜歡顧夫人，畢恭畢敬地答了幾句，兩人相談正歡，蘇漾突然聽見有人叫她的名字。

「蘇漾。」

蘇漾應聲抬頭，顧熠面無表情地站在樓梯底端，單手扶著樓梯把手，眸色靜沉地望著她。良久，他出聲命令蘇漾。

「上來。」

精緻的吊燈將別墅挑高的天頂，裝飾得復古而華麗。白色的樓梯欄杆，異域風格的雕花，彷彿進入電影的場景。

顧熠、蘇漾和顧夫人三方鼎立，蘇漾看了看顧熠，又看看顧夫人，一時間有些為難。

顧夫人看了顧熠一眼，很快讓步，對蘇漾說：「去吧去吧，肯定是找妳有事。」

蘇漾向顧夫人投去感激的笑容，趕緊起身。

顧熠也不說是什麼事，只是邁開長腿，向前走去。蘇漾微微一怔，只得快步跟上。

別墅二樓的走廊有些深，顧熠一直走到最裡面的房間，熟門熟路地推開門，蘇漾跟著走進去才發現，這間走廊盡頭的房間，居然是顧熠的房間。

考慮到顧熠受傷，又是為了救自己受的傷，一整天蘇漾都對他十分恭敬，言聽計從，所以雖然覺得不妥，還是跟著走了進去。

顧熠進房後，自然地走到床邊，飄動的窗簾帶動光影，落在他身側，忽明忽暗。

「關門。」他背對著她說。

蘇漾想想孤男寡女共處一室，還關門，委婉地表示：「不太好吧？」

顧熠不耐：「要妳關就關，怎麼那麼多話？」

蘇漾在他強大的氣場之下，將門虛掩，隔絕了外面的聲音。

顧熠慵懶轉身，面對蘇漾，淡淡打量。然後微微側頭，看向別處，手指一下一下點著窗臺，撥弄窗臺的邊緣。

「過來。」

蘇漾向前走了兩步，保持著大約半公尺的距離。

「妳認識張泳義？」顧熠貌似不經意地提問。

蘇漾被他問得一頭霧水。

張泳義是誰？她思前想後，最後試探性地問了一句：「你是說顧夫人？」

顧熠回過頭，點了點頭，眸中沒什麼情緒。

蘇漾聽到這裡，忍不住撇了撇嘴。

哪有人這麼直呼自己媽媽的名字？顧熠這人，真的是在家在外面都完全一樣，狂妄至極。

蘇漾誠實回答：「今天第一次見面，顧夫人很溫柔。」

「噢。」

顧熠似乎對蘇漾的話沒什麼興趣，蘇漾便沒有繼續這個話題，而是問他：「你叫我進來，就是為了問我這個？」

「不是。」

「那你把我叫進來，是為什麼？」

顧熠微微抬眸看了蘇漾一眼，理直氣壯地回答。

「我還沒想好。」

在顧家吃飯實在不如想像中自在。

華麗的長桌，一共就五個人，蘇漾一直很拘謹。全場都靠林鋮鈞當代言人，負責和顧總交談，倒是免了蘇漾絞盡腦汁去想該怎麼應對。

晚餐後，林鋮鈞送蘇漾回家。

坐在林鋮鈞的車上，兩人一路閒聊，最後快要到學校了，林鋮鈞才突然說了一句。

「我以為妳好歹會問一下和顧家有關的話題。」

蘇漾聽他這麼說有些錯愕，反問道：「問了你會和我八卦嗎？」

林鋮鈞果斷回答，「不會，」他笑了笑，「我一路上都在思考，如果妳問我，我該怎麼轉移話題比較自然。」

蘇漾看著他，歪了歪腦袋說道，「其實，我對顧工，沒有那麼在意。」說完，對林鋮鈞揮了揮手，「慢走，林工。」

月色掩映，校園被夜色籠罩。秋風瑟瑟，溫差讓蘇漾抱緊了手臂。

送走林鋮鈞，蘇漾一個人從校門走回寢室，沿途只剩下晚歸的學弟學妹向寢室狂奔。伶仃長夜，足音跫然。

林鋮鈞說，以為她好歹會問一句。

其實她還真的問了，而且被顧熠不客氣地嗆了回來。

當時蘇漾也不知道顧熠為什麼要把她叫進房間，起先還有些不自在，久了見顧熠沒什麼動作，也就放下心來。

她環顧四周，打量顧熠的房間，整體裝潢和客廳差不多，很整潔，卻沒什麼生活的痕跡。

「你平時是不是一回家就睡覺？什麼都不做？」

顧熠佇立在窗前，淡淡看了她一眼，沒有說話。

蘇漾有些尷尬，連忙解釋：「我是看你的房間乾淨得像飯店，不太像有人住的樣子。」

不管蘇漾說什麼，顧熠始終一言不發，蘇漾覺得自己像個唱獨角戲的小丑。

「沒事我就先出去了。」忍無可忍，蘇漾說，「顧工，恕我直言，你是不是有仇女症？」

蘇漾的手剛放到門把上，就聽見身後顧熠那冷冰冰的聲調。

「她也曾經是一名建築師，N大的知名校友，做設計做到最後嫁給了甲方，成為全職貴夫人。」

蘇漾回頭，顧熠的視線移到別處，睫毛遮擋，蘇漾看不清他此刻的情緒。

「你說的是顧夫人？」

蘇漾覺得顧夫人溫柔善良，充滿母性，沒想到她居然曾經是建築師，氣質實在不太像。

顧熠瞥了蘇漾一眼，眼神堅定：「如果妳只是打算在這行轉一轉，找個老公就走，那麼我勸妳，早些走，不要浪費資源。」

蘇漾聽到這裡，忍不住皺眉：「難不成你以為她和我說幾句話，我就會打退堂鼓，不做建築師了？」

顧熠沉默不語，半晌，認真地說：「廖杉杉有一陣子和她走得很近，後來她離開了Gamma。」

「……」蘇漾忍不住問出心中的疑惑，「顧夫人，真的是你媽媽嗎？」

顧熠對她的敵意，和無端的揣測，實在表現得太過明顯。

顧熠警覺地掃了蘇漾一眼，表情立刻變得意味深長。

「妳打算嫁進顧家嗎？」

蘇漾覺得這個問題實在太過荒謬：「什麼？！」

「如果沒有這個打算，就不要打聽太多。」顧熠頓了頓，一貫的冷然，「與妳無關。」

顧熠的話讓蘇漾無語極了，話題是他帶起來的。她多問了一句，就刻薄嗆她。廖杉杉離開，和顧夫人能有什麼關係？絕對是因為顧熠太難相處好嗎？瞧他這草木皆兵的陰謀論，瘋牛病又發作了吧？

回到寢室，她上網逛了一下，突然想起顧夫人，便將她的名字輸進搜尋引擎。

只聽顧熠說過一次，也不知道是哪幾個字。蘇漾自己組合了「張詠西」、「張永熙」、「張詠希」等十幾種都沒有結果，最後靈光一閃，直接搜尋恆洋集團，從董事長的介紹中找到了配偶。

「張泳羲」三個字，靜靜躺在配偶那一欄裡。

點開她的資料，幾乎全是八卦雜誌的採訪稿，講述當年她和顧總因為甲乙方的關係結緣，最後結為夫妻的故事。關於她過往的經歷，只有一句「曾為建築師」草草帶過。

她不由覺得可惜。

如果她不是建築系的學生，看了這些故事甚至還會覺得緣分真是妙不可言。可是作為半個業界人士，她只隱隱感覺到，這條路，似乎並不是她想要走的路。

難道顧熠其實是怕她和顧夫人一樣，放棄建築設計？

這個念頭，想想都覺得有些詭異。

不可能吧？

第二天，顧熠請假了，不知道是不是傷口有什麼問題。

顧熠不來上班，整個組裡的人都趁機休息。

不用工作，蘇漾自然樂得輕鬆，但是想到顧熠受傷，又隱隱有幾分擔心，她認為這種情緒來自內疚。

到了快下班的時間，林鋮鈞突然跑來找蘇漾，遞了好幾份文件給她。

「小蘇漾，這些，麻煩妳幫我跑跑腿，送去顧熠家。」

蘇漾本能地抗拒去接，想到顧熠嗆她的話，就忍不住撇了撇嘴。她才不想再去他家，免得他又自我感覺良好，以為她想嫁入顧家。

蘇漾猶豫地看了林鋮鈞一眼，為難地說：「建築師也是人，受傷都不能休息嗎？」

林鋮鈞看著蘇漾，挑眉道：「妳這麼關心他？有問題啊。」

蘇漾無言以對，她只是不想去而已好嗎？

思前想後，蘇漾繼續拒絕：「我覺得我一個女孩子，又是下屬，跑到他家去真的不太好。他家人會誤會。」

「他平時不住在顧宅，一個人住。」

「那就更不好了，孤男寡女的，我去了大概都不知道要坐哪裡。」

林鋮鈞見蘇漾一直找藉口，乾脆厚著臉皮說道：「那就坐他腿上。」

之後也不理會蘇漾每一細胞都在拒絕，直接把那疊文件放在她桌上。

「蘇漾，妳可以提前下班了。」說完，又拍了拍她的肩膀，「對了，幫顧熠帶點吃的，他每次在家休息都會忘記吃飯。」

「……」

想想前一天兩人不歡而散，蘇漾真是不想再去顧熠那裡找虐當砲灰。

雖然她很感激他為了救她而受傷，但是這個人的個性，實在難以讓人長期保持感恩的心。

考量到可以報銷，蘇漾很奢侈地叫了計程車，結果一時樂極生悲，下車忘了跟司機要收據，真是出師不利。

顧熠住在一棟國際公寓，毗鄰內環最出名的一〇一商圈，全是高級購物中心，交通也很便利。這個國際公寓在本城很出名，外國的開發商，外國的設計師團隊，外國的物業管理，價格自然也是外國格調的貴死人。

也不知道顧熠喜歡吃什麼，蘇漾就在商圈裡隨便買了點據說有助於傷口癒合的斑魚片粥。一碗粥加幾個小菜居然就要一百三十八塊，簡直是黑店。

拿著文件和外帶的食物，終於走到顧熠家樓下。一棟高聳氣派的高樓建築，全黑色的外牆設計雖然具有強烈現代感，但是從華人的審美角度來說，實在太死氣沉沉。

從大門進入公寓，需要刷卡，蘇漾沒有卡，正準備拿手機打電話給顧熠，一個穿著西裝的外國男人就走了過來。

他臉上的笑容十分燦爛：「泥濠，窩是大樓管家。」

蘇漾平時沒什麼機會和老外直接對話，一時有些緊張，趕緊擺擺手說：「Sorry, my English is not very good.」

老外一臉無辜的表情：「窩說的是中文啊。」

蘇漾這才意識到對方說的確實是中文，整個糗到不行。

「我找一八〇三。」她說。

老外做了個「ＯＫ」的手勢，對蘇漾說：「妳可以直接使用intercom。」

蘇漾一臉茫然：「intercom？」

老外很有耐心，見蘇漾不懂，直接在門邊的一個門禁系統輸入一八〇三。

原來是大樓對講機，一換成英文就聽不懂了。

不久對講機接通了，蘇漾聽見老外和顧熠用英文對話，他們說得太快，蘇漾只聽懂幾個單字，沒能湊出完整的意思。

通話完畢，原本緊閉的門就開了，應該是顧熠開的。

老外對蘇漾說：「妳可以上去了。」

蘇漾禮貌地道謝。

從一樓坐電梯到十八樓，途中停了幾個樓層，蘇漾發現每一層樓的地毯顏色和裝潢風格都不一樣。這種細節，在一般的公寓住宅裡極其少見。

到了十八樓，蘇漾循著門牌號碼，很快找到顧熠的家。

這裡連大門都有極強烈的設計感，和走廊的背景相得益彰，先進的密碼鎖，一切都和蘇漾的生活環境很不一樣。

蘇漾站在門口想了一下，思索著等等見到顧熠應該說些什麼。

她還沒做好心理準備，顧熠家的大門就猝不及防打開了。

兩人佇立對視，場面一度非常尷尬。

顧熠一身家居服站在門後，定定地望著她，臉上的紗布似乎沒有更換。

「我剛才按了門鈴嗎？」蘇漾忍不住自我懷疑。

顧熠不回答，只是低頭打量她，微微蹙眉：「妳來做什麼？」

蘇漾被他問得臉頰微微發燙，表情有些窘迫，她動了動手裡的資料夾，又提了提另一隻手裡的外賣。

「我我……我來，送外賣。」說完將東西交到顧熠手裡，「送完我就走。」

蘇漾剛要轉身，顧熠反應極快地抓住了她。

他用沒有拿東西的那隻手，牢牢扣住蘇漾的手。

蘇漾微怔，就見他身子一矮，忽然湊近。

半晌，顧熠的聲音在她頭頂響起。

「進來。」

第八章　馬賽克

顧熠扣著蘇漾的手，皮膚接觸讓蘇漾的臉忍不住紅了。

她從來沒有和男人有過這麼親密的舉動，不由得有些羞赧。

她下意識地想抽回手，但顧熠力氣很大，她掙了半天掙脫不開，只好悶悶不樂地妥協：「我進去總行了吧？」

顧熠終於放開她。

蘇漾進門，顧熠打開鞋櫃，才發現長期一個人住，家裡竟然連一雙客人的拖鞋都沒有。

他沉默了兩秒，低頭將腳上的拖鞋脫下來，踢給蘇漾：「穿我的吧。」

蘇漾看著他的動作，有些尷尬。

時已入秋，蘇漾穿了襪子，直接踏在柔軟的地毯上，拒絕了顧熠的好意。

「我這樣就可以了。」

比起顧家的大宅，顧熠的公寓讓蘇漾自在許多。

裝潢的風格很簡單，大約百來坪，一個人住算是空曠。

工作室是開放的設計，站在客廳一眼就能看見。純白的桌案上放滿了圖紙，雖然收拾得很整齊，但是堆了很多東西，一看就知道使用得非常頻繁。

顧熠把蘇漾帶來的食物放在餐桌上，然後為蘇漾倒了一杯礦泉水。

兩人在餐桌旁相對而坐，顧熠已經打開資料夾，飯都不吃，第一時間開始看文件。

看他這種工作狂的態度，蘇漾忍不住問，「都傷成這樣請假在家了，難道就不能休息嗎？」說著，忍不住埋怨林鋮鈞，本來不用面對顧熠的，現在就他們兩個人，孤男寡女，多尷尬，「建築師也是人。」

顧熠不知道蘇漾內心的小劇場，只是順著她的話說，「建築師的休息時間是視專案而定的，案子沒結束就不能休息。」他淡淡抬眸，很是嚴厲地對蘇漾說，「如果妳不能領悟這一點，我勸妳……」

蘇漾知道他接下來要說什麼，直接搶白：「早點轉行是吧？」

說完，忍不住暗暗翻了個白眼，她每次都是好心好意，他就非得要這麼嚴肅。

「幹麼非要我待在這裡啊？你一個人還怕鬼不成？」

顧熠頭也不抬，淡淡說：「看著妳比較下飯。」

蘇漾的心弦微微顫動：「……為什麼？」

「妳很搞笑，能逗人開心。」

蘇漾的心弦悄悄斷裂。

「別看了。」蘇漾也不管顧熠會不會生氣，一把搶過顧熠手裡的文件，「趕快吃飯，吃完我好回家。」

顧熠被搶走文件，抬頭看了蘇漾一眼，居然沒有生氣。

蘇漾趕緊把買來的粥推到顧熠面前。

「趁熱吃。」

顧熠打開包裝袋，把斑魚片粥拿出來。

「分妳一半？」

蘇漾搖搖頭，不想和顧熠有這麼親近的舉動，於是撒了個小謊：「不用了，我吃過了。」

顧熠也沒有堅持，直接打開粥碗。他一揭開蓋子，斑魚片粥的香氣便撲面而來，然而顧熠卻是皺了眉頭：「這是什麼東西？能吃嗎？」

蘇漾心想，一百三十八塊錢一碗粥，怎麼不能吃？顧大少爺是不是有點太挑剔了？

「斑魚片粥，據說有助於傷口癒合。」

顧熠狐疑地看著蘇漾，問道：「這是產婦吃的吧？李樹老婆生孩子，我在醫院見她就是吃這個。」

蘇漾對於各種食物的功效也不是很了解，店員說什麼就是什麼，面對顧熠質疑，蘇漾只能隨意敷衍他：「大概是一魚多用吧，趕快吃。」

顧熠：「……」

雖然顧熠對蘇漾買來的食物有些不滿，但還是乖乖地吃粥。

也不能怪顧熠挑剔，其實蘇漾也還沒吃飯，但那種清淡的斑魚片粥完全勾不起她的食欲。

蘇漾看了一眼時間，心裡計畫著等一下回學校，要去買一碗麻辣燙，大辣，光是想想就口水直流，忍不住催促顧熠。

「快點吃啊顧工，吃完我要走了。」

顧熠拿著湯匙的手頓了頓，視線始終落在粥上，聲音依舊清冷。

「妳和我想像的不太一樣。」顧熠說，「不是我以為的那種草包。」

「……」沒頭沒腦的一句話，是稱讚她嗎？蘇漾有點摸不著頭腦。

「Gamma 是個男多女少的團隊，從某種角度來說，確實不太合理。」顧熠用湯匙攪了攪面前的粥，慢條斯理地說，「雖然妳資質一般，但是我想培養一些女建築師，平衡一下，留妳在我的組裡，是想做個實驗，看看行不行。」

蘇漾沒想到顧熠會突然這麼推心置腹地和她說這些，一時也有些反應不過來，但她還是精明地聽出顧熠話裡的意思：「所以，你是打算好好帶我？」

顧熠抬眸，黑白分明的眸子不帶任何私人情緒。

「不要得意忘形，我是 Gamma 最嚴格的建築師，還沒有人能從我手裡出師，只是實驗，不一定成功。」

蘇漾也不知道怎麼了，聽到顧熠的話，眼眶一下子就不爭氣地紅了。

這一個多月的時間，天天和顧熠鬥智鬥勇，從專職搞笑的吊車尾，變成比石媛還認真、努力的吊車尾。蘇漾也付出了很多不為人知的心酸和淚水啊！

經過長久的努力，終於得到顧熠一絲絲的肯定，真是不容易啊！

她不想讓顧熠看出她想哭，倔強地吸了吸鼻子，還是一貫的狂妄語氣：「我蘇漾被嚇大的啊？我才不怕，我偏要出師給你看。」

一貫的冷硬面孔，幾乎沒給蘇漾好臉色看過的顧熠，聽了蘇漾狂妄的話，不僅沒有生氣，嘴角還輕輕揚起淺淺的弧度。

烏黑的眉毛像被墨染過一樣，根根分明，黑白分明的眸子少了平日的厲色，竟然帶著幾分溫柔。

聲音依舊沉緩有力。

「我拭目以待。」

吃完了粥，顧熠要再去醫院打點滴，正好送蘇漾回去。他今天一連串人性化的舉動，讓蘇漾有些無所適從，忍不住懷疑他是不是吃錯了藥？怪嚇人的。

兩人一起走進電梯，電梯門關上。

四面鋥亮得如同鏡子的金屬內壁，映照著兩人一前一後的身影。

顧熠站在蘇漾身後，距離很近，蘇漾幾乎可以聞到他身上清淡的男性氣息。

顧熠突然向前傾身，蘇漾的身體一頓，肩側能感覺到顧熠靠近。

他微微低頭，幾乎就要貼在她的頭髮上。

似乎帶了微微的體溫。

下一刻，顧熠越過她的身側，直接按下B2。

蘇漾的心頭微微一顫，暗自嘲笑自己剛才有那麼一瞬間想太多了，尷尬地嚥了一口口水。

顧熠開得不是之前那輛福斯，而是一輛黑色的越野車。

坐上副駕駛座，蘇漾自動扣上安全帶。

看著方向盤上的汽車標誌，蘇漾有種熟悉的感覺。

「這是保時捷？」蘇漾抬頭看著顧熠，「你換車了？換得很快啊？」

顧熠扣好安全帶，按下啟動鍵，引擎啟動的聲音十分穩定又渾厚，和之前那輛車完全不一樣。

「這才是我的車，那輛 Touareg 是林鋮鈞的。」顧熠轉頭看了蘇漾一眼，淡淡解釋，「之前我的車送去車廠修了，一直沒時間去拿。」

蘇漾看了顧熠一眼，忍不住搖頭感慨：「都是有錢人啊。」

顧熠不理會蘇漾，逕自打著方向盤，從地下二樓往上行駛，很快就開上了平面道路。

說起保時捷，蘇漾一下子想起自己和保時捷的淵源，以講述趣事的口吻和顧熠說：「說起來，我和保時捷也有點不解之緣。」

「嗯？」

蘇漾想起那次刮車的經歷，忍不住感到有些幸運。

「我之前騎車不小心刮到一輛保時捷，我留了字條給車主，不過後來車主沒有打電話給我，大概對方猜到我是學生，沒什麼錢。不得不說，保時捷的車主真是大方的好人啊！」

蘇漾說得口沫橫飛，顧熠卻聽得若有所思。

他微微皺眉，淡淡問道：「妳在哪裡刮到的？」

蘇漾不明就裡，回答道，「在學校啊，說起來真巧，就是你辦講座的那天。」她說著忍不住笑起來，「我那輛破自行車在人家的車上刮了個心形，你說瞎不瞎？」

顧熠微微轉頭，別有深意地瞥了蘇漾一眼。

「確實很巧啊。」

顧熠冷冷嘖了一聲，對蘇漾說：「妳把遮陽板翻開，裡面有張傳單。」

「什麼東西？」蘇漾以為顧熠要她幫忙找東西，就翻開遮陽板，裡面果然夾了一張傳單——顧熠講座的傳單。

蘇漾看著那張傳單有種莫名的熟悉感，隱隱生出幾分不祥的預感。

顫抖著手將傳單翻過來，預感成真。

顧熠的臉上，赫然是她當初用水筆寫下的字。

顧熠用陰陽怪氣的聲音繼續說道。

「說來也巧，我的車被人刮了，肇事者留下字條，卻不留電話號碼，補漆都找不到人要錢。」趁著等紅燈之際，他意味深長地轉頭看著蘇漾，「如今這個凶手自投羅網，妳說我應該怎麼處置？」

蘇漾內心髒話連篇，靠，誰叫她話多，怎麼就從保時捷聯想到那麼多呢？

直接把自己坑死了好嗎？

她縮了縮肩膀，訕訕笑道：

「顧工，你知道嗎，這世上最難得的兩個字，就是原諒……」

人在車中坐，債從天上來。

相對無言不好嗎？嫌自己還不夠窮嗎？蘇漾總算體會到什麼叫禍從口出。

怪不得當初刮了人家的車，車主都不和她聯繫，原來是她忘記寫電話號碼。平常老是做些糊塗事就罷了，這種事也糊塗，蘇漾真是服了自己。

再看看顧熠的眼神，分明就覺得她是故意的。哎，真是有嘴都解釋不清。

顧熠說保留向她追債的權利，這比直接要她賠錢還讓她忐忑，感覺像是背了個不定時炸彈一樣，時時刻刻如履薄冰。

實習不知不覺已經過去一個半月，除去半個月試用期，終於到了發實習薪資的日子。

聽石媛說，本科實習生很多一個月只發一兩千，等於是交通補貼，有些公司黑心，一毛錢都不發。畢竟實習生也做不了什麼事，大部分只是混混學分。

所以蘇漾看到帳戶裡的薪資時還有點不敢相信，Gamma居然發給她三千多。雖然以N城的消費水準來計算，三千多塊錢也用不了多久，但是這種良心的薪資，還是讓人對Gamma的好感度直線UP。

實習薪資發下來的那天剛好是週五，兩個和蘇漾同期進來的T大碩士生找上她，提議一起請帶他們的組長和顧熠吃個飯。

在他們的推動之下，晚餐小分隊很快就集齊了。

他們在事務所附近選了一家館子，環境不是那麼高級，但是餐點味道很好，網路評價五顆星。

帶那兩個碩士生的兩個組長蘇漾不是很熟，一個姓馮，一個姓羅，都是頗有個性的那種。同桌的還有顧熠，雖然他是蘇漾的組長，但也是事務所的大BOSS，所以要坐在主位。

謝天謝地，蘇漾終於不用坐顧熠旁邊了。

一行六人，五個都是男的，自然會喝些小酒，考慮到上次的失控經歷，蘇漾這次打死也不喝酒了。

一開始大家還有些拘謹，酒一喝下肚，立刻就聊開了。

Gamma 團隊算年輕，大多是三十出頭的設計師擔任組長，和實習生只差個六七歲，幾乎沒有代溝，大家一喝了酒，就和朋友差不多了。

其中一個T大碩士生，在來 Gamma 之前一直是顧熠的粉絲，借酒壯膽，崇拜地看著顧熠說，「顧工，我一直很想問你，年少成名，是不是很爽啊？」他喝了一大口啤酒，帶著滿眼的憧憬說，「別人還在苦哈哈做畫圖狗的時候，你已經成立了自己的事務所，做大專案，開名牌車，這應該是，飛一般的感覺吧？」

他話音剛落，其餘幾個人都一臉黑線地看著他。

哪有人這麼問的？

對他沒規矩的問話，顧熠卻沒有生氣的樣子。

他喝了口茶，淡淡一笑。

「還可以。」

一句話讓在場拚死拚活的畫圖狗內心淌血。

一種人一種命啊！

大家悲憤地舉杯，敬失意，敬羨慕嫉妒恨。

「為什麼要戳大家痛處？」

「這種問題該問嗎？」

「喝！喝！」

另一個性格內向一些的男生，趁著氣氛輕鬆的時候，突然鼓起勇氣插了一句。

「顧工，我有個願望，不知道能不能說？」

顧熠今天親和得要命，微微側頭。

「說吧，看看我能不能幫你實現。」

那男生緊張地握著酒杯，站起來，雙手舉杯敬酒：「就是……我想和您互加關注……不知道您能不能答應……」

「社群媒體嗎？」顧熠搜尋記憶，想起幾年前是由廖杉杉打理的，現在帳號密碼好像都交給公關部的人了。

「這倒是小事。」顧熠拿出手機，試著登錄，「不知道帳號密碼還對不對……噢，是對的。」顧熠抬起頭問那個男生，「你叫什麼？」

男生見顧熠真的願意和他互加關注，眼鏡鏡片後面的眼睛裡，似乎閃爍著願望達成的欣喜光芒。

和那個男生互加關注後，顧熠又對蘇漾和另一個實習生說：「一視同仁，你們的也一起加關注吧。」

那個男生感恩戴德地拿出手機，而蘇漾則是一臉不情願。

蘇漾是最後一個走到顧熠身邊去加關注的。

事實上，她在這之前，根本就沒有關注顧熠。

看著「互加關注」四個字和兩個箭頭，蘇漾覺得無比頭痛。

拿著手機正要往回走，蘇漾突然想起一件事，瞬間虎軀一震。

她常在社群媒體裡吐槽，全是些負能量的貼文。近來最煩心的事就是在顧熠手下實習，她幾乎每天睡前都發一則吐槽。

GOD，她是傻子嗎？直接說一句沒在用社群不就好了，怎麼還傻呼呼地去加關注？

她瞪大了眼睛，趕緊回頭去看顧熠，他看著手機，半晌，抬起頭意味深長地看了蘇漾一眼。一切都來不及了，顧熠不知道是太無聊還怎樣，居然已經點進蘇漾的社群媒體，一則一則往下滑。每一則都字字珠璣，甚至她還無聊透頂，搞了一個新 tag。

『#我和瘋牛病 BOSS 不得不說還是想說的二三事#』

媽啊，她是腦殘嗎？

蘇漾之後一直表現得很乖巧，企圖減低存在感，不要惹怒顧熠。

飯後結帳，蘇漾本來以為是三個實習生分攤，結果其中一個喝醉的實習生腦殘地提議。

「我們來玩個刺激的遊戲吧。」他說，「我們把卡打亂，讓顧工選一張，他選哪個，就哪個結帳，怎麼樣？」

說著，他請顧熠轉過身去，然後叫蘇漾和另一個實習生把卡拿出來。卡是實習生入職的時候，事務所統一辦理的，全都長一樣，蘇漾也就沒有在意。

三張卡放在一起，提議的實習生笑眯眯地換了換順序。

「顧工，可以回頭了。」說著，遞上那三張卡。

就在遞上卡的瞬間，蘇漾突然如遭雷擊。

該死的，她突然想起來，她的卡和別人不一樣。

因為她在卡上貼了個貼紙。

卡到了顧熠手上，很明顯，顧熠一眼就看到了那張小小的貼紙。

蘇漾悄悄雙手合十，一臉求饒的表情看著顧熠。

顧熠淡淡地看過來，然後輕輕抿脣一笑。隨即毫不猶豫地，把那張貼了貼紙的卡抽出來。

「那就這張吧。」他說。

蘇漾：「……」

實習薪資一頓飯就吃走了好幾百，蘇漾自然是心痛不已。本想拿了薪資後大吃一頓，現在也有點捨不得了。

為了保養荷包，蘇漾決定去敲詐距離公司大概三站之遙的堂哥。自從來了Gamma，一直說要去找他吃飯，卻都沒去。

小時候蘇漾總是和堂哥打架，堂哥愛捉弄她，她也不是省油的燈，自然是饒不了他。不知是不是因為學了建築設計，整天畫圖做專案，堂哥變成一個內斂且修養極好的年輕人，不僅對蘇漾各種照顧，還大方得不得了，明明是平輩，但他自從踏入職場後，每年都會發壓歲錢給蘇漾。除了蘇媽，她最喜歡的就是這個堂哥了。

在她心裡，堂哥又帥又年輕有為，蘇漾對他以前交的女朋友都諸多挑剔，覺得配不上她堂哥。尤其是上一個女朋友，個性也不怎麼樣，還劈腿，蘇漾為他抱不平好久。

這天下班，蘇漾直接坐捷運去堂哥的公司。堂哥一向守時，早早就在捷運出口等她。比起上次見面，他又瘦了一些。

兩人在附近的商場找地方吃飯，本來蘇漾只想找間普通餐廳，但堂哥堅持請她吃了一家很高級的本地餐廳。

一坐下來，蘇漾就忍不住笑了堂哥的頭髮：「哥，你這髮際線，再往上跑，就可以去演清裝劇了。」

堂哥不好意思地摸了摸頭頂，「沒辦法，忙啊，總是加班。」他看了一眼時間，無奈地說，「請妳吃完飯，還要回去繼續加班。」

蘇漾喝著茶，看著堂哥的模樣，想想Gamma那些設計師，忍不住問了一句：「為什麼會選擇做這一行？」

堂哥看了蘇漾一眼，反問：「那妳呢？」

「我媽要我學啊！」

「妳也可以轉行。」

蘇漾頓了頓：「有點不甘心吧，學了那麼多年。」

堂哥笑，「一樣啊。」他幫蘇漾夾了些菜，親切地說，「進了顧熠那邊就好好學習，業界裡他還是有兩把刷子的。」

說起顧熠，蘇漾翻了個白眼：「別提了，和他磁場不和，每天上班都是煎熬……」

顧熠難得準時下班。

林鋮鈞的朋友從美國到N城出差，對方和Gamma曾經合作過，於是他們作為東道主，自然是要接待的。

地點選在一家很高檔的N城菜館，坐落在一家商場裡。這家分店位置有限，沒有包廂，只有用垂墜的玻璃珠簾隔開。所以一般來這裡，都是真的為吃飯而來，談事情並不方便。

顧熠倒是沒想到會在這裡碰到蘇漾。

此刻她正背對著他坐在不遠處，還是上班的那套衣服，整個人的神態卻完全不同，那副神采飛揚的模樣，和上班時的死氣沉沉完全不同，她和一個年輕男人同桌吃飯，兩人有說有笑，那個男人一直替她夾菜，姿態親密。

朋友見顧熠一直透過掛簾向外看，忍不住順著顧熠的目光看過去，不客氣地調侃。

「我說顧熠，你這是怎麼回事？在看哪裡啊？」他故意伸長脖子，「我看看，是不是那個穿白毛衣的女孩？哎呀，不巧，人家有男朋友啊……」

他話音一落，一起作陪的人立刻跟著起鬨：「不怕，我們人多，都是搞建築的，牆角挖不到，我們就移牆、拆牆！」

顧熠聽到這裡，忍不住皺了皺眉：「不是，是我事務所裡的實習生。」

那男人聽見「實習生」三個字，瞪大了眼睛，望著一旁高深莫測喝著茶的林鋮鈞：「老林，真的假的？你們所裡有母的了？」

林鋮鈞笑而不語。

那男人一臉激動：「我的天，你居然不是GAY？我一直以為你和老林是一對。」

林鋮鈞：「我有這麼不挑嗎？」

顧熠粗聲粗氣地吐出一個字：「滾。」

林鋮鈞趕緊去買單，其餘的兩個喝多了，跑廁所。只有顧熠，率先走出餐廳。

剛出餐廳門，正好看見那個和蘇漾吃飯的年輕男人，把一個打包外帶的盒子遞到蘇漾手上，語氣溫柔，完全像在哄小孩子，「這家店的招牌菜，看妳喜歡，多幫妳買一份，妳帶回寢室吃。」他抬手揉了揉蘇漾的頭髮，一臉寵溺，「我去拿發票，妳等我一下。」

蘇漾的眼睛笑成一彎新月，乖巧得顧熠都覺得自己有些眼花。

本地高級的菜館不多，和別的城市不同，N城幾家本地菜館都非常好吃，人氣甚至超過那些全國知名的餐廳。

這家一般都是過年過節，家裡長輩請客才會來吃一頓，平時蘇漾很少來，太奢侈了。

堂哥就是貼心，記得她喜歡什麼，還特地多幫她打包一份，血濃於水就是不一樣。

蘇漾提著點心在餐廳門口等候，百無聊賴，就在原地打轉。

一步、兩步、三步、四步……

眼前突然出現一雙男式皮鞋，蘇漾覺得既陌生又熟悉。

一抬頭，看見顧熠的臉，把蘇漾嚇了一大跳。

那麼高的個子，站在蘇漾面前，很難裝作沒看見。

顧熠靜靜看著她，臉色看起來有些陰沉，眸中也含著一些蘇漾看不懂的神色。蘇漾緩了口氣，試圖光明正大地與他對視。

本來碰到他已經夠倒楣了，此刻不知道是哪裡惹到他，他就那麼盯著她，用帶著幾分冰冷的眼神。眸色深不見底，只有暗色的倒影沉於其中。

最後蘇漾還是敗下陣來，她縮著身子，覺得整個人籠罩在一層寒冰裡，手心卻因為緊張，出了一層薄汗。

「顧工……」蘇漾率先打了聲招呼。

顧熠的視線微微向下，斜眼看著蘇漾手上的點心。

蘇漾也不明白顧熠是什麼意思，見他一直盯著自己手裡的點心，先是低頭看了一眼，隨即反應過來，趕緊拎起外帶盒，在顧熠眼前晃了晃。

她有些緊張，試探性地問了一句：「顧工，你是想要這個嗎？」

餐廳的空間有限，收銀檯就在轉角不遠處，和餐廳大門隔了一小段距離。

林鋮鈞側身靠在收銀檯上，等著收銀員結算帳單，他正低頭看手機，和蘇漾一起吃飯的那個男人走了過來，認真地拿了枝筆，在紙上寫著發票抬頭。

林鋮鈞收起手機，上下打量了他幾秒，隨後微微湊近：「你是蘇漾的男朋友？」

那個男人手上的筆一頓，聽見「蘇漾」的名字，抬起頭，皺了皺眉：「你是？」

林鉞鈞禮貌地自我介紹：「我是Gamma的建築設計師，蘇漾的同事。」

聽到Gamma，男人的臉色緩了下來，換上和善的笑臉：「你好，我是蘇漾的堂哥。」

「噢——」林鉞鈞拖著長長的尾音，隨即笑笑，「某人心裡可以鬆一口氣了。」

「什麼？」

「沒事。」林鉞鈞擺擺手，「你堂妹很厲害，一進來就搞定我們所裡最了不起的人。」

蘇漾的堂哥想法單純，立刻禮貌地回道：「我堂妹有這樣的能力，我也很驕傲。」

林鉞鈞話中有話：「這真不是一般學建築的人能辦到的。」

蘇漾高高舉著外帶的袋子，手都有些痠了，顧熠依舊是面無表情，完全沒有要接的意思，蘇漾最後只好尷尬地收回手。

她趕緊幫自己找臺階下：「其實這個我們沒吃過，是新買的，不過你要是介意就算了。」

顧熠就這麼一直盯著蘇漾，盯得她心裡毛毛的，完全不知道自己哪裡又做錯了。

此刻他就像一堵牆，直挺挺地站在蘇漾面前，蘇漾走也不是，留也不是。

最後只能又問一句：「要不我單獨幫你買一份？」

顧熠終於皺了皺眉，低沉的聲音說：「不必，我已經吃飽了。」

「噢。」蘇漾抬頭，看了看他那張烏雲密布的臉，實在有些不明所以，「那你這是……有什麼指示？」

顧熠深深看了蘇漾一眼，最後冷冷說道：「希望妳不要因為談戀愛影響工作，扯大家後腿。」說完，冷傲地轉身，頭也不回地走了。

蘇漾實在是一頭霧水。

已經晚上八點多了，路上依舊很塞。

各種顏色，各式車型，將馬路擠成一塊大拼圖。

路上車輛過多，顯得馬路都變窄了，人們趕著回家，心浮氣躁，時不時有人按兩聲喇叭，讓人不勝其煩。

林鋮鈞是那種越亂越冷靜、越有耐心的人，不管什麼情況都隨遇而安。

塞車在路上，他就靜靜等著，時不時找顧熠聊幾句。

他從後照鏡看著顧熠那張黑沉的面孔，忍不住皺眉：「你有什麼毛病？板著張臉？我這車平時只載美女，你上車我都沒板著臉，你還先給我臉色看？」

顧熠緊抿著嘴脣，沒有理他。

林鋮鈞又道：「話說，今天跟小蘇漾一起吃飯的那個男人，看起來很不錯啊，白白淨淨、斯斯文文，是討小女孩喜歡的類型。」說著，有意無意瞟了顧熠一眼。

顧熠倏然轉過臉，狠狠瞪了林鋮鈞一眼：「你吃多了，話也變多了。」

林鋮鈞笑：「可惜啊，是小蘇漾的堂哥，不然兩人還真的挺相配的。」

聽到這裡，顧熠的眉頭皺了皺，下意識地反問：「堂哥？」

林鋮鈞故意裝出意外的樣子，「剛才看你和蘇漾說了兩句？蘇漾沒告訴你？」接著又一副恍然大悟的表情，「你是不是誤會了什麼？你該不會以為是蘇漾的男朋友，吃飛醋了吧？」

不等顧熠反駁，他繼續語重心長地說：「這男人和女人之間，也就是那麼回事，賀爾蒙相互吸引，那是一種本能。顧熠啊，對一個女人有占有欲，那是看上對方的表現。」

顧熠聽到這裡，終於忍無可忍：「開你的車。」

「被我說中了？」

顧熠意味深長地看了他一眼：「要不要去喝酒？」

「操。」林鋮鈞忍不住罵了髒話，「我閉嘴可以了吧？」

誰要和千杯不醉的去喝酒？又不是自虐狂。

車廂裡終於安靜下來，顧熠靜靜看著窗外，若有所思。

蘇漾以為自己和堂哥吃過飯，回寢室應該已經很晚了，結果石媛居然比她更晚。將帶回來的點心放在桌上，必須等著石媛回來一起吃，真是對自制力的考驗。

將近十點，寢室快關門了，蘇漾連衣服都洗完了，石媛還沒回來。

站在陽臺上看著回寢室的必經之路，十點還差一兩分的時候，蘇漾終於看見石媛的身影。她居然是被男人送回來的。

敏銳的八卦雷達立刻開啟，蘇漾拿了一根衣架在手，然後坐在椅子上靜靜等著石媛。

她一進門，蘇漾立刻用衣架敲了一下床鋪，鐵面無私地說：「坦白從寬，抗拒從嚴。」

N城的秋季很短，秋裝穿幾天就有些無用了，夜深露重，有些寒涼。石媛臉上有些發紅，不知道是凍的還是因為害羞。

大概是沒想到這麼快就被蘇漾抓包，石媛有幾分忸怩。

「就加班加得比較晚，一個同事大哥送我回來，別想太多。」

蘇漾自然是一點都不信，「得了吧，不是有點意思，妳會讓人家送？」蘇漾回想近來石媛的異樣，恍然大悟，「怪不得妳最近每天都早起半小時化妝，原來是動春心了！」

「哎呀，人家這不是想工作愛情一把抓嗎？」

見石媛大方承認，蘇漾立刻展開全方位拷問，石媛都一一解答。

石媛的實習單位是N城傳統的大設計院。主管都是和善的中年公務員，石媛待的那個團隊裡，只有送她回家的那個大哥和她是年輕人，又剛好都單身。單位裡那些「好心」的主管，就要大哥帶她，想把石媛「留在」設計院。

光是聽石媛形容就不難想像人家的團隊是多麼暖心好相處，蘇漾對比一下自己，忍不住仰天哀嚎。

「天吶，人家實習每天像小公主一樣被呵護就算了，還有小桃花開得旺盛，為什麼我實習的公司只有瘋牛病仇女症？」蘇漾越說越悲憤，「老天爺！祢這麼對我，良心不會痛嗎？」

石媛同情地拍拍蘇漾的肩膀：「將就將就，就顧熠吧，有錢有名長得帥，挺好的。」

蘇漾忍不住瞪了石媛一眼：「好你個頭啊！」

顧熠昨天失眠了。這種情況已經很久沒有發生了。

顧熠的個性使然，對任何事都必須提前安排，不論工作或是生活，都是指揮若定的樣子。他從來不容許自己的人生偏離軌道，所以連謀劃人心，控制情感，也是他生活的一部分。

他意識到自己是有些過分關注蘇漾。

明明只是個實習生，頂多比同齡人多幾分潛力，並不值得他花那麼多心思。難道真如林鉞鈞所說，團隊裡全是男的，久了以後，母豬也能賽貂蟬？

早上一臉陰鬱地起床，到了公司仍然有些低氣壓。

從電梯出來，遠遠就看見蘇漾的座位，腦海中一閃而過林鉞鈞的胡言亂語。

「想知道自己是不是對一個女人有意思，其實很簡單，就是越看她越順眼，怎麼樣都好看，做什麼奇怪的事都覺得可愛。」

顧熠一步一步走過去，最後在不遠不近的地方停住，沒有驚動蘇漾。

她向來神經大條，並沒有發現顧熠靠近。

天氣轉涼，蘇漾穿了一件淺卡其色的風衣，很OL的款式，將她清麗的容貌襯托出幾分秀麗的女人味。乍看之下，有幾分湯唯的淡淡文藝感。

蘇漾大概也是剛到，辦公室裡有暖氣，她把風衣脫了掛在椅背上。裡面穿著白色貼身針織衫，弧形領口露出精緻的鎖骨，修身的剪裁勾勒出迷人的腰線。

不過一晚上沒見，她似乎變成熟了，又美了幾分。

顧熠被自己的想法嚇到，整個人忍不住打了一個冷顫。

蘇漾從抽屜裡拿出奶粉，往杯子裡舀了兩勺，放在一旁，打算去泡牛奶。突然發現桌上還有一根棒棒糖，立刻一臉驚喜地拆了包裝塞進嘴裡。

她賊頭賊腦地看了看四周，大概是以為沒人看到，就用棒棒糖沾了沾杯子裡的奶粉，再嚐一口，彷彿吃到什麼珍饈美味，眼睛都亮了起來。

顧熠就這麼看著她沾一下吃一口，吃一口沾一下，竟然不知不覺就過去了兩三分鐘。等他回過神來，發現自己的嘴角竟然帶著一點點可疑的弧度。

不會這麼邪門吧？

顧熠忽然清醒過來，腳步生風，炯炯地從蘇漾旁邊走過，直接進了辦公室，看都沒有再看她一眼。

顧熠認真工作了一整天，直到被一個甲方的電話打斷，才停下手上的事。

這個甲方的經理是個不到三十歲的單身女強人，大概是性格強勢才能走到今天，即使對她的私事也是如此雷厲風行。

她對男人都有幾分瞧不起，唯獨對顧熠青睞有加，讓顧熠頭痛不已。

其實，顧熠並沒有太多男女交往的經驗。從小學到高中一直讀男校，沒搞基就不錯了，哪有那麼多女生供他選擇。大學又就讀N大的建院，男多女少，之後去了美國，學業壓力大，競爭激烈，為了成才、成名，一心投入設計，再後來創業回國，更是忙得不可開交。

這麼多年，似乎除了廖杉杉，他真的沒有認真看過哪個女人。

廖杉杉在身邊的那幾年，周遭的人無數次提醒他，這麼能幹的女人，讓她完全忠誠於他的最好方式，就是把她變成他的女人，但他始終不願意這麼做。

他想找的是各方面都契合的靈魂伴侶，雖然他不知道誰才是他的靈魂伴侶，但他很肯定，廖杉杉不是。

不知道該怎麼拒絕甲方那個經理，才能不影響案子推進。顧熠皺了皺眉，打算跟「情聖」林鉞鈞討教，剛按下他辦公室的分機號碼，腦中突然又一閃而過他說過的話。

「想知道一個女人是不是對一個男人有意思，就看她會不會吃醋，帶女人在她面前晃晃，她要是在意，那肯定就是有意思了。」

顧熠想了想，又把電話放下了。

將襯衫領口整理了一下，起身出門去迎接甲方的那個經理。

組裡的同事安排那個女強人經理在大會議室裡等待，顧熠剛走出辦公室，就聽見幾個下屬站在一起竊竊私語，其中也包括蘇漾。

顧熠眉毛微挑，不動聲色地走近了一些，想要聽得更清楚。

「……」

「那女人又來了，一週來三四次，完全是為了看我們顧工。」

蘇漾一臉茫然：「誰啊？」

「月華的那個經理，妳見過的。」

蘇漾回想了幾秒：「挺漂亮的那個？」

「一般般吧。」男同事說，「之前她來，顧工都避而不見，都是林工去解決的。今天顧工要親自見她，看來是被軟化了。這麼窮追猛打下去，怕是要成為我們老闆娘了。」

蘇漾聽到這裡，眼中閃過一絲異樣：「這麼說，顧工要談戀愛了？」

「可能吧。」

蘇漾頓了頓：「那以後他是不是沒那麼多時間親自管我們了？」

「可能吧。」那人看了蘇漾一眼，「妳一個實習生，能進到我們組裡算是幸運，可惜還沒機會參與，顧工可能就沒時間了。」

蘇漾順著那人的話說下去，眼眸中帶著幾分失落：「是啊，好可惜啊。」

眾人散去，蘇漾回過身的那一刻，顧熠趕緊往後退了一步，不想讓她發現他在偷聽。但她垂著頭，隱忍又克制的表情，顧熠還是盡收眼底。

嘴角不禁揚起淡淡的弧度，帶著幾分得意。

他對自己的個人魅力還是很有信心的。

顧熠整理了一下服裝，正準備去會議室，就聽見空無一人的辦公室裡，蘇漾自顧自地打電話。不知道是打給誰，她的聲音興奮又克制。

「哈哈哈哈哈！妳知道嗎？瘋牛病他要談戀愛了！老娘馬上就要重生了！」

第九章　未來城

蘇漾心情太好，和石媛聊了許久，等她掛斷電話，猛一回頭，差點被站在側後方的顧熠嚇得心臟病發作。

顧熠不知道是什麼時候來的，直挺挺站在那裡，一言不發，像個背後靈。濃密的眉毛根根分明，沉如暗夜的黑眸此刻帶著明顯的不悅。

蘇漾想到自己和石媛電話的內容，瞬間如臨大敵。

「顧工……你過來多久了？」

顧熠低頭睨她一眼，語氣冷靜中透著火氣：「從『瘋牛病』開始。」

「……」蘇漾是個識時務的人，趕緊低頭，「對不起，顧工……我錯了，不該隨便給您取綽號。」

顧熠的表情嚴肅了幾分，上下掃了她一眼，冷冷道：「今天留下來加班。」

「蛤？」蘇漾最近沒什麼工作，晚上還約了石媛吃飯，「為什麼？」

顧熠橫她一眼：「因為妳還沒有發現自己犯了什麼錯。」

「……不是取綽號？那是不是，我不該在上班時間打私人電話？」

顧熠的眉頭隨著蘇漾一個又一個的猜測，皺得越來越緊，最後他只是揚了揚下巴，居高臨下地問她：「妳只要回答我，加不加班？」

蘇漾孬孬地說：「……加。」

最終還是妥協於顧熠「滔天」的權勢。

一連被顧熠「折磨」加了幾天班，蘇漾再次體會到什麼叫禍從口中。

從那以後，蘇漾更加謹言慎行了。

說實話，蘇漾對未來並沒有什麼太明確的規劃，甚至可以說有些迷茫，所以當那兩個T大的碩士實習生來找她的時候，她非常意外。

她每天都想離開顧熠的組沒錯，卻沒有想到，別人也想進來。

他們知道蘇漾不想待在顧熠組，希望能三人一起去找顧熠談，輪流去顧熠組裡學習。

畢竟能進Gamma的機會難得，誰都想跟著顧熠學習。

跟著顧熠確實可以學到很多東西，不管他的個性多麼不討喜，蘇漾還是必須承認，他的能力對得起別人喊他一聲「大師」。

分到顧熠的組裡並不是蘇漾的本意，但是來了這麼久，也確實把自己當成組裡的一員，忽然被人這麼一說，心裡竟然有幾分抗拒，這種心情實在奇怪。

一直到晚上下班，蘇漾仍無法決定。在回學校的公車上，蘇漾打電話給堂哥，提起自己的處境和迷茫。

「我很意外，也有點難過。他們平時對我很好，還一起吃過飯，我沒想到他們把我當成對手，希望我讓出位置。雖然他們沒有明說，但顯然是想要競爭轉正職的機會。和我想的完全不一樣，我覺得人真的很複雜，甚至可以說有些自私。」

堂哥一邊加班，還要一邊耐心地安撫蘇漾。

『我剛畢業的時候在天鑫做過，妳應該知道吧？』堂哥對於最初的工作經歷總是鮮少提及，蘇漾還以為是因為天鑫的規模一般，他有點看不上的緣故。

『當時天鑫的四個合夥人剛剛創立天鑫，我一個初出校門的新人進去擔任助理建築師，本來應該只是做些搜集資料、切割模型、輔助主任設計師做分析圖之類的雜事，但是當時的許總直接帶我做概念方案創作，親手教我畫草圖。那時候我真的很感激他，短短兩個月，我做了五個大專案的前期規劃，每天除了睡覺和吃飯，其餘時間都在工作，每週都要熬夜一次，雖然體力嚴重透支，但比我在研究所學到的東西還多。』

蘇漾聽到這裡，有些疑惑：「那你為什麼後來走了？」

『專案太多，設計師負荷太重，公司陸續招了很多新人進來，都和當時的我一樣，是廉價勞工。公司沒有把我們當人看待。那時候我住在公司提供的宿舍裡，幫我們做飯的阿姨一個月只拿三千塊錢，要提供十五到二十個人的中餐、晚餐，一整天忙得停不下來。她忙不過來，找人事要求加一個人手。人事懷孕了，很冷漠地說：我現在懷孕，妳不要總是來煩我，如果妳不說一聲就辭職，扣當月薪資。』堂哥沉默了幾秒，『後來那個阿姨忍無可忍，寧願賠掉當月薪資辭職，再後來，人事因為過於忙碌，孩子流掉了。

『過去這麼久，我依然覺得那是一段煉獄般的日子，把我這個涉世未深的年輕人的夢想消磨殆盡。妳剛實習的時候，問我實習的感受，我不想說，因為我不想提起那段時光，都是灰色的。』

「哥……」

『但我也因為那段經歷迅速成長，人性是複雜的，自私只是其中一部分。人看事情一定是從自己的角度出發，就像妳說的，那兩個T大研究生能進Gamma是付出了很多努力的，他們崇拜顧熠，想跟著顧熠，這是人之常情。』堂哥第一次用那麼嚴厲的口吻和蘇漾說話。

『蘇漾，如果妳想留在顧熠組裡，就要拿出妳的實力，如果妳沒有實力和野心，就應該服從調配。機會，都是留給有準備的人，妳不準備，就不能什麼都想要。』

「……」

Gamma是一個年輕的團隊，顧熠從自由的美國歸來，更加尊重每個人的聲音。T大的兩個碩士實習生成績優秀，深得兩個組長的表揚。比起來，在顧熠組裡的蘇漾可以算是默默無聞，幾乎沒什麼優秀表現。

顧熠組裡的設計師都太厲害了，甚至連那兩個T大實習生都是身經百戰、學生時代就參加各種比賽的人才。蘇漾這個「半成品」，在大學生競賽裡拿個獎還可以，在組裡，實在算不上什麼。

顧熠作為大老闆，必須一視同仁。他和林鋮鈞出去見甲方，路上隨口提及此事，林鋮鈞倒是很淡定。

「做個考核吧。」他說，「我們事務所裡一向是靠實力說話，誰行誰上。」他不懷好意地看了顧熠一眼，「小蘇漾要是考不過就調到我組裡，我親自帶。」

顧熠聽了林鋮鈞的建議後，陷入沉默。

林鋮鈞又湊近幾分：「怎麼？捨不得？那就直接拿出組長架子壓人啊，有權為何不用？」

顧熠皺眉：「閉嘴。」

第一階段的實習結束，顧熠在例會結束前，宣布了實習生的考核方式。

顧熠的組是整個Gamma的核心，只選擇最優秀的那一個。

雖然蘇漾早有心理準備，但是聽到正式發布，心裡還是有幾分波動。

顧熠下達的考核內容，是馮工手裡正在做的一個大型住宅專案。雖然實習生競爭的是一個助理建築師都算不上的名額，但顧熠還是考了最難的題目：概念方案圖。

其中一個T大生之前一直在跟進這個專案，了解的程度遠比蘇漾和另一個實習生多，自然是信心滿滿。

蘇漾一整個下午都有些心神不寧，也沒什麼靈感，越想越亂，最後泡了一杯綠茶，打開電腦看影片，想要放鬆一下。

人背起來，真是喝水都會嗆到，她剛把影片打開，顧熠就從她身邊走過。

她第一個反應是把影片關掉，結果手一滑，不僅沒關掉影片，還把工作的軟體關掉了，最後只留下影片在螢幕上放得歡暢。

蘇漾有些尷尬，又不甘心被誤會：「顧工……你聽我說……」

顧熠皺眉低頭看著她，最後只冷冷說了一句：「到我辦公室來。」

N城的秋天很短，近來一直又陰又冷。

顧熠的辦公室開了燈，窗簾也大大敞開著，但蘇漾走進來，還是覺得有些暗，帶著幾分壓抑。

又是相同的談話姿態，顧熠坐著，蘇漾站著。

顧熠坐在旋轉椅上，靠著椅背，整個人在思考什麼，手摸著下巴，一直沒有說話。

許久，他終於打破沉默：「考核的案子，有什麼想法？」

蘇漾被問及這個問題，有些尷尬：「暫時還沒有。」

顧熠看了她一眼，倏然站起來，表情嚴肅。

「沒有想法，妳還有心情看影片？」

「顧工……我是沒靈感想放鬆一下。」

「看影片能找到靈感？」

「……對不起。」

顧熠的眼裡帶著洞悉又篤定的光芒，直直盯著蘇漾，讓她有些無所適從。

他的語氣帶著譏諷：「妳早就想離開我的組了，我倒是忘了，妳之前為了離開我的組，還特地去參賽。」

「我……」顧熠一直劈里啪啦地教訓蘇漾，根本不給她解釋的機會，蘇漾也有些不爽，忍不住頂嘴，「我努力參賽得獎，本來按照約定就能調走了，現在更不想應付考核。」

顧熠被她的話氣到，表情瞬間變了，眼眸深沉地看著她：「是不是不能在我組裡，妳也無所謂？」

蘇漾也不知道自己為什麼那麼容易被顧熠激怒，他這麼咄咄逼人地質問，她反而越挫越勇，挺直了背脊道：「在哪個組都能學習，Gamma 都是優秀的設計師，我覺得無所謂。」

「我有……」顧熠的手緊緊握成拳頭，後面的話硬生生吞了回去。最後，那雙幾乎要噴火的眸子，也慢慢恢復平靜。

那平靜中，竟帶著幾分難以掩飾的失望，蘇漾有些迷惑了。

他深深看了蘇漾一眼，最後只冷冷說道：「出去吧，妳好自為之。」

只有三個人參加的考核，大家在事務所裡都和和氣氣的，回到家則拚命努力，其中也包括蘇漾。

堂哥說得對，機會是給有準備的人，不管她最後會不會被調到別組，她也應該拿出她的實力，最重要的是，不能被顧熠看扁了。

在認真構思之後，她交出了方案。

預定週五例會上會宣布結果，蘇漾每天數著饅頭過日子，那種感覺就像升學考試之後等待查分數的心情，又忐忑又害怕又期待。畢竟是一次定生死，決定著她的將來。

週五走進會議室，蘇漾很意外，居然沒有看到顧熠。

她忍不住問了一句，別的組長立刻熱情地回答，「顧熠很忙，一般不會親自參與這麼小的事。」說著安撫蘇漾，「妳放心，我們很公正。」

會議的最後，宣布結果的是林鉞鈞。

他還是一身花俏的西裝，頭髮梳得一絲不苟，看起來清俊矜貴。

他站在上首，直接從電腦裡調出紀錄，看了一下組長們投票的結果，竟然露出幾分意外的表情。

下一刻，他朝蘇漾笑了笑，沒有賣關子，直接宣布。

「蘇漾，恭喜妳。」

為了表示公平，林鉞鈞放出了三人的作品照片。會議室的大螢幕上，三人對於這個住宅的奇思妙想一字排開，所有人都可以評論。

一改往日的中式人文風格，這次蘇漾根據專案建立在「經濟開發區」，以及附近全是發展先端科技的特點，量身打造了一個理想的「未來城」。

個性鮮明，設計複雜中帶著簡潔，簡潔中富有層次；可行性也比其餘兩個實習生高。

所有組長都為蘇漾鼓掌，兩個競爭對手也輸得心服口服，對蘇漾豎起大拇指。

那一刻，蘇漾的心緒起伏，甚至沒說一句話，就急著想要回座位拿手機。

她想第一時間告訴堂哥，這個世界在溫柔以待之後，也會報之以歌。

她興奮地衝出會議室，剛一拉開門，就把站在門口的人嚇了一跳。

居然是顧熠。

他背靠著會議室大門旁的牆壁，大概是沒有想到蘇漾會提前衝出來，表情有些驚愕。

他與蘇漾四目相對，半晌，他略帶尷尬地清了清喉嚨。

「咳咳。」

他看了蘇漾一眼，理直氣壯地解釋自己此刻出現的原因。

「路過。」

顧熠也不等蘇漾反應，就旋風一般地離開了，留下蘇漾一臉莫名其妙，看著他的背影，心裡詫異萬分。

不是說他很忙嗎？怎麼還有功夫到處閒逛？

不過她此刻沒有美國時間去研究顧熠，畢竟瘋牛病也不是那麼好懂的。不研究顧熠了，她還趕著去跟堂哥報喜呢。

狠話放了，卻還是忍不住去聽考核結果，知道了結果才放下心來。

此刻顧熠在辦公室裡，老僧入定一般，沉著思考方案，林鋮鈞自會議結束後，就一直在他辦公室賴著，全程干擾他。

一下子破壞他辦公室的植物，一下子動一動展示用的模型，完全是六歲小學生的行徑。

顧熠被吵到不行，終於忍無可忍，問他：「你很閒嗎？沒事幹？不回辦公室？」

林鋮鈞對顧熠不耐煩的說話方式已然習慣，完全沒有被他唬住。

蘇漾居然在考核中打敗了兩個T大的碩士生，林鋮鈞對於這個結果非常意外，他實在很想知道其中原委。

「你說實話，你是不是和組長們打了招呼，要他們選蘇漾？」

顧熠聽到他低級的揣測，忍不住眸中露出幾分不爽：「我沒有搞任何黑箱作業。」

「考核之前，我調閱了蘇漾的學校成績。基本上都是及格邊緣，分數高一點的都是小組作業。」林鋮鈞對此十分不解，「很難想像她能打敗那兩個碩士，他們的履歷都很漂亮。」

顧熠的手放在滑鼠上沒動，半晌，抬起頭對林鋮鈞說。

「我倒是不意外。」

「喔？」

顧熠被林鋮鈞干擾，也無法工作，乾脆滑鼠一丟，身體往後靠，整個人放鬆地坐著。

「我讀書的時候一直覺得，不怎麼認真，但是每次考試都能低空飛過的人很聰明。」顧熠雙手交叉，放在腹前，擺出一個很舒適的姿勢，「她學習能力很強，記憶力不錯。我給她的資料，她看過一次就能記得。美術基礎也很扎實，我曾經偶遇她在外面寫生，她把她感興趣的建築元素都畫下來，算是有一定累積。天賦也不錯，想法很有靈氣。」

林鋮鈞鮮少聽到顧熠對一個人有這麼高的評價，怎麼聽都覺得假，忍不住揶揄：「你是因為對人家有意思，有點私人情感加乘吧？」

顧熠皺了皺眉，眸光一沉，斜睨了林鉞鈞一眼。

林鉞鈞一見他這眼神，立刻高舉雙手，「行了行了，不鬧你了。」言歸正傳，「所以，你準備栽培她？」

顧熠想了想，停頓片刻後回答：「暫時還沒有這個打算。」

「嗯？」

「她還有很多問題。」

「什麼問題？你剛才那麼誇她。」

顧熠低眸，慢條斯理地抬手撥了撥自己的頭髮。

「最大的問題是，她還沒有真正想要成為建築師。」

顧熠今天沒有要求大家加班，本以為自己會是最後一個下班的，結果一推開辦公室的門，蘇漾居然還在外面。她正專心做著分析圖，那是他下午才交給她的工作，因為不急，其實可以明天再做，所以顧熠並沒有催她。

她太過專注，顧熠出來她也沒有發現。顧熠輕輕敲了她的桌面，下達命令：「下班。」

兩人難得心緒平靜地並排走著，離開事務所。雖然沒有說話，但是氣氛也不算太壞。

蘇漾在堂哥那次嚴厲的教育之後，就改變許多。不再總是想著偷懶，不再搞笑打屁，也不再對加班怨聲載道，真正展現出工作的態度。

正如堂哥所說，顧熠在業界的成就有目共睹，她可以跟著他學習，不管未來是不是做這一行，都應該好好珍惜這個難得的機會。

今天難得大家都不加班，組裡已經沒人了，從空蕩蕩的辦公室出來，外面是有些冷清的走廊。鋪著磁磚的廊道和乾淨的牆面反射出刺眼的光。

廊燈靜白，走過去能看到自己一晃而過的影子，和顧熠的身影成雙，竟然讓人多了幾分親近感。

顧熠比蘇漾高不少，蘇漾側抬起頭，只能看到他寬厚的肩膀，和筆挺的衣縫線，每個針腳都十分講究。

大概是發現蘇漾在看他，顧熠也轉過頭，兩人的視線在空中尷尬地交會。

蘇漾正準備撤退，顧熠突然認真地看著她說：「恭喜妳，留在我的組。」

他的話讓蘇漾忍不住皺眉。

他這是什麼意思？該不會又自戀地以為，她認真做方案，贏了那兩個人，是為了他吧？

「我不是為了留在組裡才這樣做的。」蘇漾解釋，「我只是不想輸，想證明我可以。」這一次，顧熠沒有嘲諷和揶揄，甚至沒有質疑她的話。

「我知道。」他淡然點了點頭，隨即又道，「其實妳不可以。」

「這話什麼意思？」

蘇漾的表情很認真，她想知道顧熠的評價是來自對她的偏見，還是確實有什麼問題是她不懂的。

顧熠的表情沒什麼波動，依舊不疾不徐，淡定自若。

「概念創意是一點小天賦，是妳對這一行不知者無畏的大膽。」他頓了頓，又說，「而真正的實戰操作，遠比妳想像的更艱難，更殘酷。」

聽到這裡，蘇漾說：「人總有個成長的過程，我也需要一個被肯定的開始。」

顧熠側頭看著蘇漾，認真打量，半晌才說：「妳要知道，現階段的妳，除了我，沒有人會好好對待。」

見蘇漾緊皺眉頭，一臉不爽的表情，顧熠嘴角揚起淺淺的弧度。

「不信妳可以辭職，去別的公司實際應徵一下看看。」

蘇漾一臉不信地看著顧熠，最後抱胸說道：「我才不上當，你就是想趕我走吧？」

「隨妳怎麼想。」

林鋮鈞之前的一個超高樓專案出了一點問題，最近都在忙著解決。林鋮鈞和顧熠幾乎日日加班，和蘇漾的接觸也變少了。

蘇漾則被分配到組裡一個年輕建築師劉工手下，每天很苦命地畫圖。

劉工也和蘇漾一樣，從畫圖狗開始，一路向上爬，一邊加班一邊準備各種考試、考證。聽了他的經歷，蘇漾就覺得自己這麼點付出真的不算什麼了。

劉工目前在做的，是一個規模不算很大的住宅專案，這在Gamma不多見，是因為他的業績目標無法達成，接來衝業績的。

他手裡同時兼了幾個案子，所以和甲方見面的重任，就交給蘇漾了。雙方約在事務所樓下的咖啡廳，圖紙早上已經發給甲方，所以蘇漾只帶了電腦和筆記本。

為了趕這個案子，蘇漾前一晚還熬夜，今天一整天只睡了三四個小時。

人在嚴重缺乏睡眠的時候，真的反應會有些遲鈍。再加上聽說這個甲方很難搞，讓蘇漾有些忐忑。

甲方脾氣確實暴躁，對於他們提的方案一點都不滿意。一坐下來就開始指手畫腳，處處都要修改，蘇漾一路記下來，覺得整個設計都被他推翻了。

忍不住問了一句：「這些，全部都要修改嗎？是不是有點多？」

蘇漾一句話就把甲方激怒了：「你們收那麼高的設計費，改一改還不願意嗎？你們設計的是什麼東西？可行嗎？」

蘇漾見他誤會，趕緊解釋：「我不是這個意思……」蘇漾本來就有些昏沉，被那人一吼，尷尬得有些不知如何自處。

說實話，甲方很多想法都有些奇怪，作為設計師，創造力和自主性都等於被他們扼殺了，那和甲方的畫筆有什麼區別？

雖然有些委屈，蘇漾還是忍住脾氣，將桌上的水遞給甲方。

「您別生氣，先喝點水。」

「每天這麼來來去去，不是浪費我的時間嗎？我說了，只把握一個原則，各方面均衡。立面、平面配合好，功能合適、交通網路流暢。」那人越說越不爽，也不理會蘇漾的好意，「不喝不喝，哪裡有心情。」

手一揮，直接把水杯揮倒了。

茶水猝不及防全數潑在蘇漾的電腦上，蘇漾一下子跳了起來。

蘇漾帶的電腦是蘇媽在她實習前買給她的，只用了兩個月，這下子水一進去，按鍵已經完全失靈。她緊急去關電腦，結果電腦已經先她一步自己關機了。

蘇漾倒拿著電腦，鍵盤處一直滴水。

那個中年男人見此情景，終於收斂了幾分脾氣。

「不好意思。」說完又開始抱怨蘇漾，「是妳自己把水放電腦旁邊的。」

蘇漾知道怪對方也沒用，只能把委屈都往肚子裡吞。

「沒事，是我的問題，我會去修。」

男人緊皺的眉頭，露出幾分不耐煩。他看了一下時間，對蘇漾說：「我還有事，修改的部分我已經都告訴妳了。明天晚上，要給我修改後的圖。」

說著，他從錢包裡拿出一千元，壓在沒有潑到水的桌上：「咖啡和妳修電腦的錢。我先走了。」

蘇漾看著他冷酷離開的背影，耳邊還能聽見他低聲的一句埋怨：「笨死了，劉工是怎麼回事，找了這麼個奇葩浪費我的時間，女人就是做不好事情。」

抱著開不了機的電腦從咖啡廳出來。蘇漾沒有立刻上樓，她不想被同事看到她現在的樣子，更不希望被劉工知道，她連這麼小的事都辦不好。

一個人失意地在路上走著，最後在公車站的金屬座椅上坐下。

不斷有綠色黃色的公車停靠又離開，乘客上上下下，換了一批又一批。

不知不覺，蘇漾已經坐了近一個小時。

腦海中一閃而過顧熠說過的話，只是沒想到，這打擊來得竟然這樣快，離她拿下考核第一，前後還不到一週的時間。

果然如他所說，概念創意和實際操作是完全不一樣的。

她想的那些東西，也許從專業的美學角度有一些意思，但是從甲方的角度來看，都是「不實用」的狗屎。他們那種不專業、「訂製」一樣的意見，永遠凌駕於設計之上，因為他們才是甲方。

蘇漾第一次感到這麼挫敗。

手機忽然響了起來，是蘇媽打來的電話。

蘇漾一接通，蘇媽有些聒噪的聲音就從聽筒裡傳來，還是那麼有活力，粗糙中帶著幾分細膩。

『女兒，妳今晚回來還是明早？』

經蘇媽提醒，蘇漾才意識到，原來不知不覺又到週五了。

昨晚熬夜沒怎麼睡，現在電腦又開不了機，明天還要交方案。

蘇漾本來還能撐住，可是一聽到蘇媽的聲音，眼眶裡瞬間積滿淚水。

她搗著嘴巴怕自己發出聲音，讓蘇媽擔心，半天才平復情緒。

「明天不回去。」

蘇漾的鼻音很重：「要加班。」

『怎麼了？』

『感冒了？』蘇媽立刻緊張起來。

「有一點著涼，沒事。」蘇漾吸吸鼻子，故做輕鬆地安慰蘇媽，「換季都會這樣。」

蘇媽沉默了幾秒，最後擔心地說：『身體重要，不行就先請個假。』

蘇漾努力帶笑：「媽，我沒事，妳放心吧。」

電話掛斷之後，蘇漾才開始哭。

抱著蘇媽買的筆記電腦，蘇漾只覺得委屈排山倒海而來。

每個人都和她說，社會不是她想像的那樣，大家都是辛苦過來的，撐過去就好了。可是事情真的發生了，她卻沒辦法安慰自己。

更多的，是想要宣洩。

眼前彷彿被水霧隔絕，一切都變得模糊。

蘇漾抬起頭來，只覺得天好像突然黑了下來。

她用手擦了擦眼淚，眼前重新恢復光明，才發現原來不是天黑了，而是面前站了一個人——顧熠。

他手裡拿著一個公事包，一副剛從商務場合離開的樣子，居高臨下地看著蘇漾。蘇漾一抬頭，就和他清冽含笑的眸子對上。

蘇漾那麼傷心，他的表情卻帶著幾分笑意。

「我看看，是哪家的喪家犬在這裡？」

帶著幾分揶揄，語氣卻不重。在蘇漾聽來，不覺得有惡意，甚至產生顧熠想要逗她開心的錯覺。

蘇漾倔強地擦乾淨臉上的淚水，吸了吸鼻子。

「被甲方虐了，電腦還壞掉了。」

顧熠看了一下時間，踏著平穩的腳步走近了一些，直接坐在蘇漾身邊。

顧熠身形高大，面容俊然，閒適地將公事包放在大腿上，兩人就這麼肩並肩坐著。

「就這麼點事？」顧熠問。

蘇漾自己也覺得有點不好意思，又補了一句：「還有沙子飛進眼睛。」

顧熠側頭看了她一眼，嘴角勾起一絲笑意。

「建築師受的委屈更多。我剛踏入職場的時候，我的老師跟我講過一個笑話。」顧熠平靜地講述著，聲音如潺潺流水，涓涓流過，「有一天甲方打電話給建築師，『明天下班前記得把圖紙交給我』，結果到了第三天早上，甲方發怒了，問建築師『昨天為什麼沒把圖紙交給我』，建築師很委屈地回答『因為我還沒下班啊』。」

顧熠一講完，蘇漾就笑了。

明明是很冷的笑話，可是顧熠用他那種播報新聞一般的正經語氣敘述，倒是真的有幾分好笑。

見她笑了，顧熠才說：「被甲方虐很正常，妳要習慣。」

蘇漾被顧熠的話安慰到了，真的感覺沒那麼傷心了。她眨了眨眼睛，睫毛搧動，好奇地問顧熠：「你也經常被虐嗎？」

顧熠微笑著看她，認真地回答。

「怎麼可能？」

也許顧熠是真的不擅長安慰人，可是蘇漾還是很感激，這一刻他出現在她眼前。哪怕是生硬的安撫，也好過讓她一個人扛。

第一次，蘇漾不帶任何敵意地看向顧熠。

毫無疑問，眼前的男人擁有一張英俊的面容，眉毛濃密，根根分明，眼眸漆黑，山根高挺，顯得輪廓更加深邃，薄唇輕抿，大部分時間都不說話。

脾氣很壞，嗆人的時候讓人想掐死他，但是仔細想想，除了批評她的話難聽了些，他不僅沒有傷害過她，還一直在幫她。

公車站的人漸漸聚集，公車行駛進站，陣陣嘈雜的聲響，乘車的人走向公車，下車的乘客蜂擁而下。

這個世界還是原本的樣子，如同運轉的齒輪，喀啦喀啦地轉動著，永遠都不會停止。

顧熠低頭看了一眼時間，對蘇漾說：「回家休息吧。」

蘇漾搖搖頭：「我還要回去加班，明天要出方案。」

「要妳回家妳就回家，哪來那麼多廢話？」

蘇漾還是很有責任感，對於沒交的方案很不放心：「那方案呢？」

顧熠看了蘇漾一眼，大概是她淡淡的黑眼圈，讓他生出惻隱之心。

他皺了皺眉說道：「設計師也是人，也需要休息。休息好了再出方案。」

在顧熠堅持之下，蘇漾回家休息了。

想想學生時代實在很奢侈，動不動就熬夜追劇看小說，工作以後，被迫熬夜，才知道不能好好睡覺多麼悲慘。

雖然是顧熠要她回去休息，可是第二天到事務所，她還是很忐忑。畢竟甲方說了，第二天要見到修改好的方案圖。

蘇漾不安地走進辦公室，劉工不知道是加班沒走，還是來得很早，辦公室裡只有他一個人，開著電腦正在修改設計。電腦螢幕的光映照在他臉上，忽明忽暗。

見蘇漾來了，劉工抬頭看了一眼：「來這麼早？」

蘇漾放下自己的包包，走到劉工身邊，關心地問了一句：「您熬夜了？」

劉工哈哈一笑：「沒有，是早上起得特別早，就先來了。」

蘇漾聽他這麼說，鬆了一口氣。不然帶她的工程師熬夜加班，她一個畫圖的卻先回家睡覺，實在不像話。

蘇漾轉身準備回座位，劉工突然叫住她：「對了，蘇漾，那個小專案不用做了，以後我不伺候那位大爺了。」

「蛤？」蘇漾沒想到最後會是這個結果，本來要走了，又折回來，「為什麼？那您的業績怎麼辦？」

「顧工給我別的案子來補。」劉工笑瞇瞇的，十分溫和。

聽到顧熠的名字，再想想他這個決定，蘇漾覺得有幾分微妙，說：「顧工人還挺好的。」

「當然啊，不然所裡這麼多拿到執照，完全可以單飛自立的建築師不會一直跟著他混。」

腦中勾勒出顧熠的輪廓，從平面到立體，蘇漾覺得很不可思議。

「其實顧工這個人，遠比妳想像的好相處。」劉工笑笑，「只要妳習慣了他的嘴硬，就能看到他的心軟。他這麼多年一直照顧著所有人，沒有幾個老闆能像他那麼細心關注每個人。」

蘇漾聽完沒有說話，只是若有所思。

回到座位，蘇漾沒有急著開始做新專案，而是上網搜尋顧熠的名字。

她必須承認，她在來 Gamma 之前，對顧熠的了解很少。

網上關於顧熠的訪談不多，能搜到的大多是當年他的成名作得標以後接受的採訪。好不容易找到一篇去年的，還是建築網的，不過都是關於專案的介紹，他個人的篇幅很少。

他並不算很配合的那種建築師，甚至因為年輕，有些狂妄和叛逆。

他說起在國內讀建築系的時候，經常不按照老師的要求做作業，他對每一個主題都有自己的見解，所以常常因為太過自由發揮而引起老師們的激烈討論，喜歡他的老師基本上都是給接近滿分，對他不爽的就剛好及格。

他畢業的時候，還因為寫了一篇觀點很辛辣出格的論文，被扣下畢業證書，當時導師組對顧熠的不聽教導很不滿，不想頒發學士學位給他，最後是現任的N大建築系主任周教授一人力保，顧熠才拿到學位，得以順利出國。

關於這段經歷，記者問他如何看待，他倒是滿不在乎。

他說，當時有個老師告訴我，讀書讀得越多應該越謙遜，而不該把太過狂妄的個性帶進建築設計，不會有好結果。

記者問他：你當時怎麼看待這句話？

顧熠回答：我告訴他，不出十年，你就會知道你是錯的。

蘇漾津津有味地看完顧熠的採訪，讓她印象最深刻的，竟然是記者問他一個私人的八卦。

記者問：聽說您至今還是單身？

顧熠回答：我的朋友告訴我，在這個速食愛情的年代，妄想遇到一個人就白頭偕老，也是一種叛逆。在那個她出現之前，我願意等。因為我從小到大都是叛逆的人。

在打開軟體開始畫圖之前，蘇漾腦中不斷迴響著顧熠在採訪裡說的那些話。突然覺得，真正的顧熠，她其實一點都不了解。

林鋮鈞那個超高樓建築的設計問題解決以後，蘇漾又回到顧熠手下。

顧熠把人要回去的那天，劉工一直不肯放人。在劉工手下跟了兩個案子，因為任勞任怨、吃苦耐勞、加班不推，劉工很喜歡蘇漾，不過最後還是被顧熠強權鎮壓了。

因為顧熠接了一個和建築設計有關的綜藝節目，要和明星一起設計改建老房子。顧熠需要一個助理，和劉工看中的點一樣，蘇漾最大的特點就是個性很倔，接下案子就任勞任怨、吃苦耐勞、加班不推，不給別人添麻煩。

蘇漾倒是沒想到毫無娛樂精神的顧熠，居然會接綜藝節目，難道他也準備走偶像派建築師路線了嗎？

一大早因為要去電視臺，蘇漾特地換了一身薄呢絨的裙子，粉嫩的顏色，青春又靚麗。過往蘇漾一直因為顏色太淺，怕弄髒而捨不得穿。

比起蘇漾的鄭重和刻意，顧熠和平常倒是沒什麼兩樣。

他專心開著車，一路上也不和蘇漾說話。明明情況和以前一樣，蘇漾卻沒有以前那種看著他就煩躁的感覺。

想起之前劉工組甲方的那件事，蘇漾終於找到機會和他說一聲謝謝。

「上次的事，謝謝你。」蘇漾說，「不過我其實還是願意改圖的，以後不用……」

蘇漾話還沒說完，就被顧熠打斷。

「不是為了妳。」他還是一貫的清冽嗓音，「我只是不想讓我的人，為完全不尊重設計的人工作。」

「……」

蘇漾沒有回答什麼，只是反覆玩味著他用的字眼。

什麼叫他的人？

這話怎麼聽起來有點怪怪的？

路上塞車，顧熠和蘇漾抵達電視臺的時候，已經接近約定時間。

顧熠是那種時間觀念很強的人，為了不遲到，他走得很快。

第一次到電視臺，蘇漾以為會遇到明星、大導演什麼的，所以特地打扮了一下，不想被別人比下去。她為了搭配那件粉色的薄呢絨小套裝，穿了一雙白色高跟鞋。

平常走路當然沒問題，但是現在要跟上顧熠趕著投胎的速度，她儀態不管了，腳上的痛也顧不了了，邁著大步一直往前衝。

蘇漾的腳越來越痛，從停車場到大廳的距離又很長，到後來是真的走不動了，眼看離顧熠越來越遠。

顧熠走著走著，突然想起那個編導的名片還在蘇漾那裡，上面有他的聯繫電話。

「對了，名片。」

他一回頭，見蘇漾被他甩出好遠，正踩著高跟鞋慢吞吞地往他的方向走，眉頭皺了皺，又折了回去。

「怎麼回事？」

顧熠居高臨下地看著蘇漾，蘇漾不免有點緊張。顧熠一直都很討厭蘇漾搞得花枝招展影響工作，之前去工地那次他就挺不滿了，這次要是又因為鞋子出狀況，他肯定又要發脾氣。

蘇漾尷尬地看了他一眼，頭皮有些發麻，神情也很緊繃。

「沒事，你先去，我慢慢走。」蘇漾撥了撥自己因為追趕顧熠，狼狽散落的碎髮，「我第一次來電視臺，好奇，想到處看看。」

顧熠抿脣打量著蘇漾，表情肅然。那張線條分明的臉，不說話就像雕塑一樣，美感中帶著幾分冰冷，更讓蘇漾緊張。

蘇漾吞了吞口水，正要說話，就看見他目光向下，落在她的高跟鞋上。

不等蘇漾解釋，他已經蹲了下來。

他一手握住蘇漾的腳踝，溫熱的掌溫透過皮膚的紋理滲透進她的血液，讓她覺得所有的血都往頭上沖，臉上瞬間就紅了。

蘇漾的角度，一低頭，正好能看見他頭頂的髮旋。

厚實硬挺的短髮裡，隱隱藏著兩個髮旋。

小時候曾有順口溜，一個髮旋好，兩個髮旋壞。

顧熠是「壞」的那一種。

此刻他低著頭專注地打量她的腳踝，眉目沉靜，神情專注，他手上輕輕使力，見蘇漾沒什麼表情，站了起來，下結論道：「沒有扭傷，應該是鞋子磨腳。」

蘇漾有些不好意思，咬了咬下脣：「對不起，顧工，我沒上過電視，想穿好看一點。」

對於蘇漾幼稚的想法和行為，顧熠沒有發表任何評價。

他的眸光深沉，蘇漾也不知道他在想什麼，索性不猜了，抬頭直勾勾地看著他的眼睛，看著他眼瞳中她那一抹粉色的身影。

半晌，顧熠皺了皺眉，邁著長腿向蘇漾走近了一步。

身影高大，如同一堵牆，再靠近幾公分就要緊貼著蘇漾了。

這突然縮短的距離讓蘇漾猝不及防地心跳加速。

他的表情依舊冷冷的，看了蘇漾一眼，聲沉如水地說道：「高跟鞋，不會穿就不要穿，又不矮。」

說著，他皺著眉頭拍了拍自己的肩膀。

「扶著我走。」

「……」

蘇漾聽了他的話，一時間有點不解，等她反應過來，不由得有些震驚。

「不用不用。」她趕緊拒絕，「你先上去，我慢慢走，可以的。」

顧熠皺眉，看了一下時間。

「反正已經遲到了。」說完，又把肩膀往蘇漾的方向靠近，不耐地催促，「快點。」

秋風清寒，陣陣而過，撥弄著蘇漾的碎髮，掃在臉上有些癢。

看著顧熠認真的表情，蘇漾覺得心頭好像也有這麼一陣風在撥弄，思緒有些異樣。

她掃了顧熠一眼，最後還是忐忑地把手放在他的肩上。

為了遷就她的身高，顧熠微微放低肩膀。

蘇漾的手就這麼搭在他肩膀上，兩人慢慢往大廳走去。

「謝謝。」蘇漾小聲說。

顧熠側頭看她，見她也正在偷偷打量自己，有些意外，眸光一閃。

兩人的視線以那麼近的距離交會，都有些尷尬，趕緊撇開頭去。

蘇漾低頭看著自己的腳尖，耳邊傳來顧熠的一句低語。

「不謝。」

第十章　藍圖

顧熠本就比蘇漾高出一個頭，即便蘇漾穿了高跟鞋也只搆到他的鼻尖，此刻兩人以這麼近的距離一前一後站著，他幾乎擋住了蘇漾所有的光線。而且這樣的身高差，讓蘇漾扶他的肩膀扶得有些吃力，過沒多久就覺得累了。

蘇漾幾乎是下意識地把扶著顧熠肩膀的手往下移，直接改為挽著他的手臂。

不知顧熠是不是長期有在健身，他的手臂十分結實，蘇漾手掌下的觸感相當硬挺。

蘇漾這麼一個小動作，立刻引起顧熠的注意，他微微低下頭看著蘇漾，蘇漾被他凌厲的黑眸盯得有些不自在，趕緊解釋：「扶肩膀的姿勢有點累，也很奇怪，又不是牽導盲犬。」

蘇漾解釋完，顧熠的眼眸又沉了幾分，蘇漾立刻識到自己說錯話，趕緊彌補：「我不是說你是導盲犬……」

顧熠沉靜地看了她一眼，皺眉道：「夠了，越描越黑。」

聽顧熠的口氣還算正常，沒有生氣的樣子，蘇漾鬆了一口氣。

蘇漾腳痛，挽著顧熠的手臂和他一起往大廳走去，也顧不得這個姿勢是不是有些曖昧。要不是光腳在電視臺有些不雅，她此刻真想直接把鞋子脫了。

「對了，顧工……」

蘇漾剛抬頭要和顧熠說話，突然看見對面的大廳裡走出一個有些熟悉的身影，廖杉杉居然也在。

話也忘了說，蘇漾只是來回掃視著身邊的一男一女，直覺地把挽著顧熠的手抽了回去。

顧熠感覺到蘇漾抽回手，再看看前面的廖杉杉，表情有一瞬間的不悅。

蘇漾趕緊低聲說：「就剩下幾步了，我自己走。」

說完自己也有些奇怪，為什麼看到廖杉杉會有種做賊心虛的感覺？

顧熠腳步頓了頓，目光掠過蘇漾，微微一停，最後又面無表情地移開。

站在大廳門口的廖杉杉頭髮梳得一絲不苟，高高盤成一個髮髻，看起來高貴又端莊，將一身職業套裝演繹得優雅而得體，尤其是高跟鞋，完全駕馭得遊刃有餘。蘇漾和她一比，就是個廢柴。

廖杉杉看見顧熠和蘇漾，表情十分複雜，有意料之中的篤定，也有意料之外的錯愕，她站在原地，視線落在他們倆身上。

蘇漾艱難地走進電視臺，和廖杉杉禮貌地打招呼。

「廖小姐，早安。」

廖杉杉看了她一眼，又看了顧熠一眼。

很快恢復長袖善舞的模樣，語氣溫和：「小蘇漾，早安。顧熠，早。」

「嗯。」顧熠的反應比較冷漠，看都不看廖杉杉。

微微頷首之後，他的視線又淡淡掃到蘇漾的腳上，說道：「太難受就先去買雙鞋。」

蘇漾見廖杉杉一直看著他們，趕緊擺手：「快上去開會吧，我沒事。」

廖杉杉臉上帶笑，眸中卻透出幾分失落，蘇漾將她難得流露的幾分真實情緒盡收眼底。

不知是女人的直覺，還是胡思亂想，她總覺得廖杉杉離開顧熠的理由，並沒有顧熠說的那麼簡單。

看到廖杉杉，就不難猜到，這個改造節目也邀請了百戈的王牌設計師——廖杉杉的BOSS曹子崢。

和他們一起參加節目的，還有別家公司的建築師團隊，但最有名的當屬顧熠和曹子崢。因此，兩人被節目組安排在整個長桌的兩側，蘇漾坐在顧熠身邊，看著對面的曹子崢和廖杉杉，覺得節目還沒開始就硝煙彌漫。

蘇漾是第一次見到曹子崢本尊，此刻他微笑坐著，手上有一下沒一下地把玩著打火機，一副漫不經心的樣子。

曹子崢是業界少數幾個可以和顧熠名氣齊平的青年建築師之一，只比顧熠大一歲，但他選擇的路線和顧熠完全不同。他沒有成立自己的事務所，而是在百戈一直待著。脾氣也很古怪，接案子一定要看得順眼，不順眼的，給再多錢也不幹。

據說他和百戈沒有簽合約，是個極端崇尚自由的人，完全「體制外」的閒雲野鶴。

第一次開會見面，只有建築師團隊，據說明星團隊是下一次才進來。明星主要是作秀，他們才是主導。

編導對所有建築師都很客氣，一一介紹之後，便請每位建築師錄製一段前期進專案組的介紹短片。

顧熠是在曹子崢之後錄的，蘇漾作為顧熠的助手，就在攝影棚外面等著。同樣守在棚外的還有廖杉杉，兩人沒有說話，但蘇漾能感覺到，廖杉杉一直隱隱約約在打量著她。

隔著薄薄的隔板，蘇漾能聽見曹子崢說的話。

他似乎是對節目組寫得腳本很不滿意，吊兒郎當地說：「什麼『心中的房子』，還『追趕遠方』？這種話我說不出口。一定要說心中的房子，我也是躺在沙發上，一邊剪腳趾甲一邊追趕遠方。」

蘇漾守在棚外，差點因為這句話笑出聲來。

廖杉杉看了蘇漾一眼，小聲解釋道：「曹工比較有個性一點。」

蘇漾掩著嘴道：「看來有名的建築師都挺古怪的。」顧熠並不是特例。

廖杉杉抿唇，看了看蘇漾，良久才說道：「在顧熠手下，還習慣嗎？」

「還可以吧。」

廖杉杉微微低眸：「顧熠，很難照顧吧？」

蘇漾微怔，幾乎是脫口而出：「哪裡，都是他在照顧我。」

廖杉杉聽到這裡，意味深長地看了蘇漾一眼。

蘇漾心裡撲通一跳。

她這麼說，廖杉杉該不會以為她在炫耀吧？

正準備解釋，門已經打開，導演和曹子崢走了出來，廖杉杉立刻迎了上去。

看著他們離去的背影，蘇漾若有所思。

這個節目前期準備的時間很長，據說明年第四季才會播出，從設計到建造，有一年的時間。節目組已經把專案資料都發給了顧熠。他是一定要實地考察多次以後，才會開始構思的那種建築師，在節目組安排去現場之前，他一直在進行別的專案。

時序轉眼進入十一月，算算日子，蘇漾的生日就快到了。

石媛和實習單位帶她的那個大哥開始交往了，想趁著替蘇漾慶生，正式介紹他們認識。

蘇漾得知這個消息，心裡有種複雜的感覺。以前兩條單身狗，如今只剩她一條。就像小時候考試，同學陸續開始交卷，而她題目都還沒寫完，緊迫感油然而生。

好在近來工作很多，一週至少熬夜加班一次，忙得天昏地暗，虐得神清氣爽，根本沒功夫胡思亂想。

顧總和顧夫人來 Gamma 的時候，蘇漾正在電腦前改圖。天天畫圖，蘇漾眼睛都快花了。

顧總直接進入顧熠的辦公室，顧夫人見蘇漾在，便主動過來和蘇漾說話。

「最近還好嗎？」顧夫人問。

身分的關係，蘇漾對顧夫人很是客氣，放下工作，拘束地挺直背脊坐著，回答道：「還好，有點忙，不過能學到很多。」

顧夫人上下打量蘇漾，最後微微皺眉，眼神中竟然帶了幾分疼惜：「是不是熬夜了？黑眼圈都冒出來了。」

蘇漾沒注意到顧夫人的神情，聽到「黑眼圈」三個字就有點慌，趕緊拿手機出來看，嘴裡碎碎念著：「要死，我還這麼年輕，就被工作折磨老了……」

顧熠和父親的談話一如既往地不歡而散。

這麼多年，即便他完全不依靠父親，依舊無法逃脫他的控制和絕對的權威。他當了一輩子的甲方，頤指氣使的態度早已根深蒂固。

他一副興師問罪的姿態進入顧熠辦公室，也不管顧熠是不是在工作，劈里啪啦就是一頓大罵。

顧熠對此既無奈又疲憊。

這麼多年他們都不能好好說話，表達觀點基本上靠針鋒相對地大吼。

他必須承認，自己完美繼承了父親的壞脾氣。

他走後，顧熠也無心工作了，從辦公室出來，正好看見顧夫人在和蘇漾說話。

她坐在蘇漾旁邊，眼神專注地看著蘇漾，那麼溫柔，嘴角始終帶著弧度。蘇漾頭髮亂了，還細心地為她把碎髮撥到耳朵後面。

見顧熠從辦公室出來，她才小心翼翼地結束和蘇漾的對話，臉上還帶著幾分虛偽的笑容。

和蘇漾道別之後，她起身走到父親身邊，與父親一起離開Gamma。

顧熠若有所思地看著眼前這一幕，忍不住皺起眉頭。

想了想，顧熠走到蘇漾桌前，用手指輕輕敲了敲蘇漾的桌子。

「跟我走。」

蘇漾一時沒反應過來，脫口而出：「去哪裡？我圖還沒畫完。」

「專案的安排，要和妳說一下。」顧熠看了一下時間，「正好到用餐時間，邊吃邊說。」

蘇漾和顧熠並排站著，寬大的辦公大樓電梯裡，只有蘇漾和顧熠兩個人。

顧熠也不說話，搞得氣氛略微有些尷尬。

方才顧總和顧夫人來，也不知道是和顧熠談了什麼，現在顧熠看起來似乎心情不太好。

蘇漾不敢隨便招惹顧熠，怕自己不小心成了砲灰。她微微偏頭看了顧熠一眼，他目不斜視地看著前方，眉峰挺拔，帶著幾分凌厲。此時此刻更比平日多了幾分生人勿近的隱忍怒氣，這讓蘇漾更加忐忑不安了。

電梯的樓層顯示緩緩變動，抵達十七樓的時候，顧熠突然側頭過來，瞥了蘇漾一眼。

蘇漾聽見他熟悉的冷冽聲音，淡淡說道：「妳對我參加改造節目，有什麼看法？」

蘇漾抬頭與他對視，見他沒有要爆發的意思，小心謹慎地思索之後，回答道：「不是很理解，畢竟你每天都那麼忙，還參加節目。但我覺得你的決定一定有你的道理，或許是為了Gamma才這麼做。」

顧熠的臉色沒什麼變化，只是視線又轉回前方。

「讓妳失望了，這次純粹是出於私心。」

「嗯？」

顧熠的聲音沉了幾分：「這次的專案是重建一所小學，那是我母親的母校。」

「顧夫人？」

顧熠低頭看了蘇漾一眼，搖了搖頭：「我是說，我的親生母親。」

「……」蘇漾一臉震驚地看著顧熠，沒想到他會以這麼輕描淡寫的語氣告訴她這種豪門祕辛。蘇漾有些緊張地捏了捏自己的手指，結結巴巴地說，「這個……那個……顧夫人……你母親……那這個案子……」

大概是猜到蘇漾會有這種反應，顧熠只是平靜地繼續說下去。

「我剛出生沒多久，她就因為產後憂鬱而離家出走了，多年沒有音訊。大家都說她死了。」想到自己的親生母親，顧熠眼中閃過一絲遺憾，「我接下這個案子，是想了一個心願，我想知道她是不是真的死了。」

「你要在節目上找你媽媽？」蘇漾越聽越緊張，「這些事似乎沒有人知道吧？你要是公布出來，顧總那邊……還有顧夫人……大家都很難自處啊……」

顧熠的眸光淡淡。

「也許吧。」顧熠自嘲一笑，「怪不得他找上門來和我大吵大鬧。」

蘇漾看了顧熠一眼，也不好發表什麼意見。

「你再考慮考慮吧。」

電梯即將到達一樓，顧熠突然問蘇漾。

「妳覺得，一個男人真的愛一個女人，會是什麼樣子？」

這個毫無邏輯的問題，完全把蘇漾問倒了。

電梯門打開的瞬間，眼前一切都明亮起來。一樓大廳人來人往，腳步聲噠噠，帶著都市匆忙的節奏。

蘇漾看著顧熠，在電梯門再次關上之前，她終於回答了。

「〈項脊軒志〉裡面有句話，『庭有枇杷樹，吾妻死之年所手植也，今已亭亭如蓋矣』，有這樣的長情，大概就是真愛了吧？」

小時候蘇漾讀〈項脊軒志〉，並不覺得這句話有多深情，長大後她無意間在網路上看到有人摘錄這一句話，才覺得其中深意讓人感動。

她說完，顧熠臉上的表情沒什麼變化，也不再接話。

蘇漾雖然覺得他有些無禮，但也不敢有異議，這個話題就這樣無疾而終。

兩人一起走出電梯，一步一步向前走去。

顧熠的腳步很輕，蘇漾眼角餘光看到他的側影在她身邊平穩移動著，許久，他的腳步頓了頓，突然轉頭看著蘇漾。

冷毅疏離的眉頭緊蹙，淡淡開口：「妳說的那篇文章，作者是不是叫歸有光？」

蘇漾半天才反應過來，他是在問剛才已經結束的話題，一臉茫然：「是啊，怎麼了？」

顧熠冷哼一聲，嗤笑道：「他這篇文章紀念的是妻子魏氏，魏氏死後兩年，他娶了王氏，王氏死後，他又再娶費氏。那亭亭如蓋的枇杷樹，應該是種在魏氏頭頂了吧。」

「蛤？」蘇漾第一次聽說這件事，瞬間滿腔感動都化為烏有，「真的假的？」

顧熠用一臉關愛智障的表情看著蘇漾：「我為什麼要造一個古人的謠？」

蘇漾被顧熠吐槽以後也有些窘，心裡一邊暗罵歸有光「騙」了她，一邊埋怨網路散布這些深情句子，卻不去了解背後的故事。

蘇漾看了顧熠一眼，尷尬地乾笑兩聲：「這不就說明了，『仗義每從屠狗輩，負心多是讀書人』，這句話果然是真理。」

顧熠鄙夷地掃她一眼：「這說明，女人盲目，要是被甜言蜜語欺騙了，都是活該。」

蘇漾：「……」

午休時間不長，兩人隨便找了家餛飩店用餐。繼香菜以後，蘇漾又發現自己和顧熠另一個相同的口味，那就是不吃蔥薑蒜。

熱騰騰的餛飩上桌，兩人又去拿醋和香油，一人往碗裡加了一點。

蘇漾像發現新大陸一樣，興奮地說：「顧工，我發現我們吃飯的口味很合得來啊！」

顧熠頭都不抬，用湯匙攪了攪碗裡的餛飩，緩緩說：「個性合得來才最重要。」

蘇漾聽了，完全沒有思考顧熠話中有沒有深意，立刻很認真地說：「個性倒是真的合不來。顧工，我老實說你可別生氣，你這個性，能和你合得來的，我想只有受虐狂了。」

顧熠薄唇緊抿，半晌才用湯匙敲了敲碗：「吃妳的餛飩。」

交代完了專案要準備的東西，飯後，兩人各自回到座位。

顧熠一進辦公室，就看到林鋮鈞在他辦公室裡吃泡麵，吃得整個辦公室都是泡麵味，散都散不掉，忍不住皺了眉。

「你怎麼回事？」

林鋮鈞剛好吃完最後一口，蓋上沒全部撕掉的泡麵碗蓋。

「這東西味道太重，正好有事找你，就來你這裡吃了。」

顧熠：「……我看你是想死？」

林鋮鈞哈哈笑著，在被顧熠趕出辦公室之前，很快轉移話題：「顧伯伯今天上午來過了？你們又吵架了？」

顧熠聽到不想聽的人，眉頭微蹙。

「有什麼事就直說，不要打聽不相干的事。」

林鋮鈞知道他不喜歡說家裡的事，趕緊說明來意。

「《心中的房子》那個節目，你確定要接下來？要搞六個月，挺浪費時間的。」

「我知道。」

林鉞鈞見他已經下定決心，又問：「你要帶小蘇漾一起做？」

顧熠看了看別處，點了點頭：「你有意見？」

林鉞鈞別有深意地看他一眼：「我只是覺得你給她的機會都太好了，替別的實習生不值，努力得要死，殊不知老闆已經受美色所惑……」

顧熠冷冷一眼瞥過來，還是熟悉的配方，林鉞鈞笑著閉嘴。

林鉞鈞背靠著顧熠的辦公桌說道：「不過她這脾氣和履歷，居然被你招進來，你當初也真是腦洞大開了。」

和蘇漾接觸後，不難看出她目前的問題。和許多大學應屆畢業生一樣，她對於自己的未來還很迷茫，所以做什麼事都缺乏動力，像驢子一樣，推一下動一下。也不懂得控制脾氣，對任何事物的反應都很直接。

「不是我招的。」顧熠說。

「蛤？」

顧熠回想當初的情形，覺得一切都有幾分陰差陽錯。

「我答應周教授，會給N大一個名額。」顧熠頓了頓，「當時很忙，沒空查看實習生名單，只叫人事找能力好、履歷最漂亮的。」

林鋮鈞聽到這裡，詫異地插了句話，「結果他找了個長相最漂亮的？」說完，自己都忍不住哈哈大笑，「這真是，男人本色啊！」

林鋮鈞離開辦公室後，顧熠還在回味他說的話。

「你想透過節目做的事再多想一想吧。她當時還那麼年輕，卻沒有再生孩子，難道不是因為你的抗拒，她不想再刺激你嗎？離開的人已不可追，為此推開身邊的人，值得嗎？」

顧熠腦中一閃而過近來的一切，突然抓起電話，打了個電話給人事。

「實習生的事，當時是怎麼選的？」

人事被顧熠的冷硬口氣嚇了一跳，平息片刻才說：「按照您的意思，選了能力最強的。」

「蘇漾呢？」

提起蘇漾的名字，人事沉默了一下，才不卑不亢地說：「那是顧總的指令，他說是朋友的小孩，我以為他和您商量過了。」

「……」

掛斷了電話，顧熠整個人往後靠，疲憊地用手指捏了捏眉心。

看來這世間的巧合，並不全是陰差陽錯。

蘇漾的家庭和父親的朋友圈，怎麼看都不像是有交集的樣子，而且憑蘇漾進 Gamma 那一連串抗拒的舉動，也不像是事先知情。

那麼，到底為什麼？

顧熠想不明白，不由面色凝重了一些。

蘇漾在正式跟進專案之前，對於節目組的目的和形式都有些不明白。明星進組前，顧熠先帶蘇漾去了他們要改造的地方——N城所在的G省下轄的一個貧困鄉村。他們這次的任務，是要改建這個鄉村的小學。

顧熠說過，這個學校是顧熠親生母親的母校。

坐高鐵到達當地市區，然後又坐了好幾個小時的車才到目的地，蘇漾下車的時候，腳底都有些虛浮。

看著層巒疊嶂的山，顧熠指了指遠處的一個隱蔽在山樹中的寧靜村落。

「就是那裡，快到了。」

蘇漾抬頭看了一眼，目測距離至少有好幾公里，而且是山路，這還叫「快到了」？

蘇漾從小到大居住在N城，一個純粹的平原城市，從沒見過這麼多山，自然也不知道爬山這麼痛苦。

蘇漾和顧熠身上都背著一些簡易的測繪工具，原本就不輕，接下來還要爬山，就跟身背巨石一樣艱難。

顧熠經常進出各種環境惡劣的工地，體力又好，爬起山來如履平地。

顧熠走在前面，蘇漾在後面吃力地跟著，時不時停下來休息，和顧熠的距離越來越遠。

顧熠爬到一半才發現蘇漾沒跟上，又往下走，走回蘇漾身邊。

他皺著眉看著蘇漾，她已經滿頭大汗，嘴脣發白。顧熠從包包裡拿出一瓶水遞給蘇漾：「喝點水。」

蘇漾確實感覺體力嚴重透支，也不矯情了，接過顧熠遞過來的水就咕嚕咕嚕喝下大半瓶。

顧熠估算了一下村落的距離，再看看蘇漾，淡淡說：「坐著休息一下再爬吧。」

蘇漾感激地看了他一眼：「謝謝。」

蘇漾小學以後就沒爬過山了，長大以後偶爾出去玩，也是去海邊。

比起海洋無邊無際的壯闊，山則讓人感覺寧靜致遠。

坐在破落簡陋的石階上，蘇漾心緒越來越平靜，體力也漸漸恢復。

顧熠坐在她身邊，目光落在遠方。

「為什麼會到N大學建築？」顧熠突然問了蘇漾這個問題。

蘇漾突然被問，有些詫異：「你之前好像問過我了。」

顧熠看了她一眼：「再問一次，不行嗎？」

蘇漾點頭，「可以。」然後誠實地回答，「我媽希望我學建築，N大是我爸的母校。」

「妳爸爸？」顧熠想了想那次去她家的經歷，「似乎沒看到他。」

蘇漾眼中閃過一絲遺憾：「他去世很多年了。肝癌。」

顧熠意識到問題的唐突：「不好意思。」

蘇漾擺擺手：「沒關係。」

想起蘇媽的堅持，蘇漾也有些感慨。

「我爸爸叫蘇之軒。」蘇漾怕顧熠不認識，正想舉一些他的作品，就聽到顧熠脫口而出。

「市立圖書館？」

蘇漾沒想到他居然知道，驚訝的同時也很驕傲：「對。」

說起爸爸，記憶實在很少，大部分的了解都來自蘇媽的講述，她是多麼敬愛自己的丈夫，才能對他的成就如數家珍。

蘇漾說：「我爸在我很小的時候就去世了。我媽培養我學畫畫，逼我看爸爸留下來的書，有很多年我都很恨我媽，也很討厭學建築，甚至因為讀了太多的書，看到建築類的東西，就覺得噁心。」

「那妳為什麼還是選了建築系？」

蘇漾看了顧熠一眼，笑笑說：「因為比起恨我媽，我更愛她，我不想讓她失望。」

顧熠沒有再說話，只是久久凝視著蘇漾，她的眼神乾淨得不含任何雜質，坦蕩得讓顧熠敗下陣來，移開了視線。

正如他的直覺，蘇漾平時嘻嘻哈哈、粗枝大葉，內心卻十分柔軟，所以她的作品裡才透露出一種別人沒有的，出自設計師本心的溫暖。

蘇漾說完，大概也覺得這話有些肉麻，不給顧熠接話的機會，拍拍屁股起身。

「走吧走吧，不能一直在這裡浪費時間。」

蘇漾彎腰去拿裝工具的背包，手指剛碰到背包帶，背包就被顧熠勾走了。

蘇漾不敢讓顧熠幫她背包包：「我自己來吧。」

她的手還沒抓到背包，就被顧熠的眼神逼退，他冷冷回道：「我只想趕緊上去，妳拿背包走得太慢。」

蘇漾屈服於顧熠的強勢，只能安靜地跟著他的步伐，一階一階往山上爬。

他的背影寬厚，腳步平穩，背著兩個包包，走在蘇漾前面，讓蘇漾有種奇異的安全感。

蘇漾不用負重，走起來輕鬆許多。

山中空氣清新，時不時能聽見歡悅的鳥叫和蟲鳴。

天氣漸漸轉冷，山上溫度又更低了一些，卻還是有不知名的飛蟲出沒。

蘇漾從小到大都招蟲、招蚊子，蘇媽說她是血甜肉甜，現在不知不覺間已經被咬了好幾個包。脖子上，手腕上，腳踝上，但凡露出一點皮膚的地方，都被咬了。

再看顧熠，他的長款風衣一直蓋到膝蓋，遮得密不透風，一點事都沒有。

蘇漾一路上都在拍拍打打，像猴子一樣在身上亂抓，顧熠終於發現蘇漾的異樣。他停下腳步，回頭看向蘇漾，白皙的脖子和手腕已經被她抓紅了一片。

顧熠不由皺了皺眉：「怎麼回事？」

蘇漾無助地看著他，表情有些可憐，「不知道是什麼蟲，一直咬我。」怕顧熠嫌她嬌氣，她又趕緊用打趣的口吻說，「這時候我真的很需要滴滴代咬。」

顧熠站在比蘇漾高一階的石階上，一直盯著蘇漾，那目光，再加上高度差異很大，讓她隱隱感覺有些壓迫。

「我……」

顧熠輕輕把背包放下，然後在蘇漾反應過來之前，直接把自己的外套脫下。蘇漾正覺疑惑，顧熠的風衣已經蓋到她的頭上，眼前驟然變黑，山中無風，只能聽見自己的心跳聲。

撲通撲通，一聲快過一聲。

蘇漾把風衣從腦袋上拿下來，眼前從黑暗又變得明亮。

顧熠已經重新背好背包，還是那副理所當然的樣子。

「顧工？」蘇漾手上緊握著他的衣服。

顧熠微微低頭：「穿我的，把領子豎起來。」

蘇漾神色複雜地看著顧熠，眼中閃過一絲異樣：「那你呢？」

他抿了抿脣，淡淡道：「滴滴代咬。」

顧熠的風衣穿在他身上，長度剛好到膝蓋，而穿到蘇漾身上，已經遮到小腿以下，完全像個罩子，把蘇漾整個人罩住。風衣的肩膀很寬，袖子也長到把手掌完全遮住，成了唱戲的水袖。蘇漾想，此刻的她看起來一定很搞笑吧。

顧熠的衣服上有淡淡的香氣，是洗滌劑的味道，帶著點人情味。

蘇漾跟在他身後，踏著他的腳印，一步一步向山上爬去。

顧熠配合蘇漾的體力，爬一陣子就會停頓一下，喝口水、喘口氣。

翻過陡峭的山頭，再穿過一條比較狹窄且險峻的山路，終於到達山村。此刻已經接近午餐時間。這是蘇漾第一次這麼深入山上人家。這個山中的村莊，叫做皎月村。

村子建在皎月山的緩坡上，是以橫臥似彎月而聞名的山。顧熠說，皎月村已經存在幾百年了。

村子沒有蘇漾想像中閉塞，政府為村裡新修了石階路，也順著緩坡修了條比較平整的小路。站在皎月村的入口，朝遠方看，能看見四面環山，夾著一小塊平地，種滿了莊稼，山澗分流出幾條長長的溪水，可以用來灌溉。

蘇漾看著這裡的地勢，問顧熠：「為什麼大家不住在山下？不是更方便嗎？」

「以前天氣預報不是那麼準確，地勢低容易淹水，所以老祖先把村子建在這一處緩坡上，比較穩定，不需要經常遷徙。」顧熠遠眺山下，指著山下遠處一片藍頂白牆的建築群，「現在有一部分人已經搬下山去了，山上只剩四百多人。」

蘇漾跟著顧熠一路往村內走，四處可見穿著民族服飾的男男女女。大家對於蘇漾和顧熠這樣的外來面孔十分好奇，一直在暗中觀察和議論。

顧熠倒是很隨遇而安，一邊走一邊和蘇漾介紹，「這裡主要以紡衣族的人為主，他們擅長紡線裁衣，都是祖父輩傳下來的純手工藝，還有一部分是當年下鄉留下的漢族人，大多是我外公那一支援建隊的。他們和紡衣族的女孩組建家庭，後來就同化了。」說完，他回過頭來，看了蘇漾一眼，「我外婆是紡衣族的，我媽國小畢業後，因為外婆生了病，外公便帶著一家人搬回N城。」

蘇漾一邊聽他講述，手一邊摸著路邊古樸的石頭，仔細一看，居然是一塊石碑，上面隱約可見幾行文字，記載著過去的村規民約。再看最後的落款，竟然是光緒二十五年。果然如顧熠所說，是幾百年的老村落。

「這裡還滿遠的，每年回來一次也不容易。」

顧熠眼中流露出一絲遺憾：「我只在五六歲的時候，跟著外公回來過一次，之後外公去世，就再也沒有機會了。」

兩人一路聊著，不知不覺就來到皎月村小學，村中唯一的一所小學，只有一百多個學生，每年級一個班。

在學校見到了皎月村小學的校長，一個穿著常服的老者，頭髮花白，氣質平和，彷彿是修行多年的老僧，透著一點超然物外的高遠之感。

校長為他們簡單介紹了一下皎月村小學的情況。

皎月村小學只有一棟磚木結構的教學樓，一九八三年重建的，當時是發動村民集體修建，每家分配出多少塊木板、多少檀條和磚塊。磚還是村民自己燒出來的火磚。

顧熠和蘇漾也迅速進入工作狀態，開始測量和拍照。

牆面年久失修，很多地方已經剝落，露出裡面的水泥和紅磚。屋頂結構裸露在外，主椽之上，用於支撐次要屋椽的檀木條也出現斷裂的痕跡。

唯一讓蘇漾感到欣慰的是，不管經過哪間教室，裡面都傳來陣陣整齊的讀書聲。

簡單地測量記錄之後，校長帶著顧熠和蘇漾一起在校內逛逛。

「我還以為你們會和節目組一起來。」校長說，「他們打電話給我，說週一過來。」

顧熠笑笑：「攝製組的人太多，會影響我們工作，所以我們自己先來一趟。」

「住的地方還在準備，今晚可能要將就一下。」

「沒關係。」顧熠擺手，「我們天黑前就下山。」

顧熠和校長說起自己的母親，他竟然準確說出顧熠母親畢業的年分。慈祥的校長回憶起往昔，不由感慨，「你母親是我師範畢業回來，帶的第一屆學生。說起來，這竟然是四十幾年前的事了。」說到這裡，校長頓了頓，問顧熠，「你媽現在還好嗎？」

顧熠沉默了一下，最後笑笑說：「挺好的，就是不方便過來，讓我來幫她看看。」

「好，好。」

蘇漾知道他撒了一個善意的小謊，又或者，他說了實話，在他心裡，母親一直都在，只是真的不方便來而已。

校長邊走邊說著顧熠母親小時候的趣事，顧熠聽得很認真，眼中閃過一絲溫柔的神色，正好被抬頭看他的蘇漾捕捉到。

蘇漾覺得那一刻，顧熠和她認識的那個男人，有一些不同。

十一月由秋轉冬，天氣多變，上午還風平浪靜，下午突然狂風大作。

在校長家吃過午餐，外面已經下起瓢潑大雨。

校長家是老式的夯土樓，泥黃的屋面，黑瓦的屋頂，看起來很陳舊，卻很堅固，不漏風也不漏雨，讓蘇漾忽略了外面的風雨。

屋前樟樹、青松和桂樹等百年老樹夾道的石板路，也別有一番意境。

校長見雨勢依然很大，喊他們進屋：「休息一下吧，這雨怕是一時半刻不會停，晚點再走吧。」

重新進到屋裡，校長去拿了相簿出來給顧熠看，裡面還有幾張顧熠母親的老照片。

蘇漾沒有跟進屋子，而是在堂屋等候。

校長家裡人口眾多，三代同堂，大人都在田地裡，後院忙碌。最小的孫子不過三歲多，正拿著根粉筆在地上畫畫。

屋外狂風暴雨，屋內卻兀自寧靜。地上、牆上都混了當地特有的天然塗料，以黑色為主，上面有各式各樣孩子的畫作。大概是很久才清理一次，很多畫作都已經褪色，樹上的屋，天上的樹，星星上的人，一切都充滿童心童趣，沒有任何現代加工。

在城市出生長大的蘇漾，很少能靜下心來感受人類最原始的一面。此刻她靜靜看著孩子沉靜的小腦袋瓜，只覺得眼前的景象好似春風，洗滌著她的心靈。

校長的話匣子一開就停不下來，從第一屆學生一直講到去年的畢業生。

從裡屋出來的時候，天已經全黑了。走到堂屋，眼前的一幕讓顧熠有些意外，蘇漾和校長的孫子竟一起在地上作畫。

顧熠進屋的時候，蘇漾還和孩子一點都不熟，認生的男孩對蘇漾一直不理不睬。可是此刻，他們已經頭靠著頭一起創作，時不時還聊幾句，即便三歲男孩說話沒什麼邏輯，他們依然聊得很開心。

蘇漾畫得專心，沒發現顧熠已經出來。

她低著頭，本就秀麗的瓜子臉顯得更加精巧，飽滿的額頭，白皙得彷彿有光，五官本就漂亮，再配上她專注的表情，好像某個電影鏡頭，靜靜流露著文藝又溫柔的氣息。

顧熠低頭看著蘇漾的畫作。她在地上畫了一彎明月，象徵著皎月村，然後在月亮上繪製各種奇思妙想的東西，會飛的魚，會唱歌的小河，有腳的星星，會笑的兔子……

其中最顯眼的，是一個心形的房子，顧熠想，那應該是代表皎月村小學吧。

顧熠沒有打擾她創作，但是整理完相簿的校長也走了出來，沉重的腳步聲一出，蘇漾就聽見了。

她抬頭，與顧熠四目相對，她尷尬地抓了抓自己的鼻尖，拍了拍手，站起身。

「你們聊完了？」

屋外雨聲陣陣，絲毫沒有變小的意思，再加上天已大黑，校長熱情地說：「我幫你們整理一間屋子，就在山裡住一晚吧。」

顧熠看了一下時間：「我們還是下山去吧。」

慈愛的校長阻止了顧熠：「下雨天不要下山，太危險了，也不差這一晚。」

蘇漾大概是對皎月村之行還有些意猶未盡，她上前拉了拉顧熠的衣袖，小聲叫著他：「顧工……」

顧熠側頭看了蘇漾一眼，看著她那雙清透的眸子中帶著期待，沉吟片刻。

「別動。」

「嗯？」

顧熠突然低頭，湊近蘇漾，把蘇漾嚇了一跳。

他的神情十分專注，目不轉睛地盯著蘇漾的臉，最後伸手，輕輕刮掉蘇漾鼻子上黏著的粉筆灰。

「和孩子玩瘋了？」顧熠的語氣帶著幾分揶揄，但在蘇漾聽來，卻覺得有幾分異樣。鼻尖上還有他指尖劃過留下的溫度，溫熱而乾燥，弄得蘇漾耳朵都有些發熱。

顧熠拍了拍手上的粉筆灰，才問：「妳剛才要說什麼？」

蘇漾的手還拉著顧熠的衣袖，再想想方才那個有些親密的舉動，看著旁邊的校長，臉上帶著幾分淡淡的尷尬。

半晌，她小聲說：「雨這麼大，確實不好下山，要不要，明天再走？」

顧熠表情淡淡，微微頷首。

「嗯。」

晚餐過後，校長全家都留下收拾碗筷，由二兒媳帶他們去休息。

校長的二兒媳是個聲音嘹亮的女人，山村中勤勞潑辣的小嫂子，熱情好客，把家裡整理得井井有條，有限的環境不影響他們對生活的熱愛。蘇漾從家裡的每個細節，都能看出他們是如何認真地活著。

校長的二兒媳手上提著一個熱水壺和兩個土陶茶杯，把蘇漾和顧熠帶到二樓的一個房間，推開有些破舊的木板門，熱情地說：「你們今晚就在這裡睡吧，我已經打掃乾淨了。」

「你們？」蘇漾聽到這裡，不由得有些疑惑。

眼前的屋子破舊，但是很整潔，古老而原始的結構，沒有任何收納空間，和所有鄉村一樣，東西都是放在地上。

那小嫂子笑瞇瞇地看著顧熠和蘇漾，意有所指地說了一句：「我們家老二就是在這房裡懷的，就是和妳一起畫畫的那個孩子，這房間啊，有福氣。」

說完，打聲招呼就笑嘻嘻地下樓了。

看著她果斷下樓的背影，顧熠和蘇漾大眼瞪小眼。

什麼意思？什麼老二在這個房間裡懷的？

蘇漾想了一下，才終於明白她話裡的意思，臉頰不自然地紅了。

她這時才完全意識到今晚將要面對什麼情況。

「他們是不是誤會了什麼？」蘇漾問。

「嗯」，顧熠自然地解開襯衫衣領，露出凸起的喉結，他一說話，喉結就跟著上下滾動，充滿男性的魅力。他低頭看了蘇漾一眼，表情漫不經心，「誤會我們是一對吧。」

蘇漾瞪大眼睛：「那你怎麼不解釋？」

顧熠的態度滿不在乎，「是妳要留在這裡的。」他向上指了指，「兩層夯土樓，一共四間臥房，我們住下來，已經占了校長大孫子的房間了。堂屋的大門透風，晚上太冷，而儲粱房堆滿了，沒辦法睡。」顧熠仔細回憶著房子的構造，突然彈一個響指，「對了，後院還有雞舍、牛棚和豬圈，妳要是不想和我擠，也可以去那裡。」

蘇漾：「……」

——《建築師今天戀愛了嗎？》未完待續——

高寶書版集團
gobooks.com.tw

YH 111
建築師今天戀愛了嗎？（上）

作　　者　艾小圖
特約編輯　余純菁
責任編輯　吳培禎
封面設計　鄭婷之
內頁排版　賴姵均
企　　劃　何嘉雯

發 行 人　朱凱蕾
出　　版　英屬維京群島商高寶國際有限公司台灣分公司
　　　　　Global Group Holdings, Ltd.
地　　址　台北市內湖區洲子街88號3樓
網　　址　gobooks.com.tw
電　　話　(02) 27992788
電　　郵　readers@gobooks.com.tw（讀者服務部）
傳　　真　出版部(02) 27990909　行銷部 (02) 27993088
郵政劃撥　19394552
戶　　名　英屬維京群島商高寶國際有限公司台灣分公司
發　　行　英屬維京群島商高寶國際有限公司台灣分公司
初　　版　2022年10月

國家圖書館出版品預行編目(CIP)資料

建築師今天戀愛了嗎？/艾小圖著. -- 初版. -- 臺北市：英屬維京群島商高寶國際有限公司臺灣分公司, 2022.10
冊；　公分. --

ISBN 978-986-506-557-7(上冊：平裝). --
ISBN 978-986-506-558-4(中冊：平裝). --
ISBN 978-986-506-559-1(下冊：平裝). --
ISBN 978-986-506-560-7(全套：平裝)

857.7　　111016536